明窓千年文庫 2

『宇《う》模《も》永《えい》造《ぞう》』

上野《うえの》 霄里《しょうり》

明窓出版

宇模永造／目次

第三章　孤立という名の完璧な構え

まえがきにかえて

著者の死

何処の民族も、その歴史の始りからアニミズムのささやかな組織宗教以前の宗教形式があったようだ。山や古木を崇め、巨大な石ころや川の流れを愛したあの純粋な宗教の形の中に、あらゆる民族は夫々の文化の形を作り上げ、託して来たのである。現代文明の全世界にキリスト教や仏教やイスラム教などといった大宗教がこびり付き、人間は本来の人間らしい生き方を過ごす事が不可能になった。確かに伊勢神宮や春日大社などといった組織宗教にへばりつく日本人も、アニミズムから変化した神道の中に縛りつけられ、そこには自然に生きる人間としての誇りや喜びは何処にも無くなっている。

毎日の人間の暮しの中でも、芸術や文学の中に於いても、世界の人間は純粋なアニミズムの中で、かつてネアンデルタール人が死者の前に花束を飾ったような素朴な人間の姿は何処にも無くなってしまった。物を書くにしても、作品からテキストに向かうと言う言葉の回路を開いたのは、ロラン・バルトではなかったか。この中でバルトは文章を書くだけの作者の「死」を宣言した。文章を書くということは、実ははっきりと耳で聞いた声となった言葉の引用がそのまま「テキスト」を作り上げている事を、バルトははっきり認めた。これまで単なる「言説」であったものが、読むものにとってはっきりと自分に伝わって来る一つの現実となるのである。つまり誰かが書くテキストはそのまま言葉となって人々に伝わるのではなく、生き方として読むものに実感されていくのである。書くものが「概念」即ち「デスクール」として読むものの心に伝わっていくのである。言葉で語りかけるのではなく、言葉の持っている核心が、読むものの心の動きと化していくのである。

今回私はこの作品の始めから終わりまで、自分のこれまでの生き方を通し、人間の生き方のささやかな哲学のデスクールを綴っていった。しかしそのテキストの、間、間には、詩人でもないのに私はランボーの様に、またロートレ・アモンの様に、また短い日本の詩のような西行の短歌や芭蕉の俳句などの様に、私の子供時代から戦争が終わるまでの時間の中の体験を一つの詩に収めている。全てが切り張りのしてある一つ一つの短歌の言葉である。そういった形、「プロット」の中に分けられた時間の中で、私の書いたものは読者にとっては難しい文章だと見られるかも知れないが、はっきりと謳われている俳句並みの感情がある事を忘れないで欲しい。それは、時間の順序や私の子供時代の諸問題の配列が叙述されていながら、そのプロットはその順序を時として中断され、その間には私が今日の私まで関わって来た人生の因果関係を簡単な、詩的な、また哲学的な言葉で繋げている。従って一見とても読みづらい面があるが、一方、日本的なアニミズムの表現のなかでは簡単に読めてしまうデスクールではないかとも思っている。

現代社会の便利な言葉で判読しては貰いたくない。自然なアニミズムの心で素直に読んで欲しい。其処から本当のデスクールの意味が見えて来るだろうから……。

著者

平成十六年七月十五日

第一章　モニュメンタル・メモリィ

生物の生命の飛躍を危うく捕らえてしまう一つの危機、障害が生物を待ちかまえていた。原始時代の動物相の中にみられる驚異的特質の一つである硬質な外皮の中に生物は閉じこもった。この種の外皮は生物の行動を抑え、しばしば麻痺させたにちがいない。

《ベルグソン》

新しい皮袋、古い皮袋

今年のノーベル文学賞の受賞はサムエル・ベケットに決定したと、今朝の毎日新聞が報じている。同じ新聞に、六千光年の彼方の宇宙空間に、地球と全く同じ条件の天体があることをつきとめた記事が載っている。それは、北回帰線を規定しているカニ座の中に在る星だ。

それにしても、ノーベル賞とは一体何なのだろう。ノーベル賞選考委員会を組織している人間達は、一体何者なのか。昨年の川端康成の受賞で、一つのイメージを描いていた私は、まるで、狐にだまされたかっこうだ。

ヌヴォー・ロマンのベケットは、文学を根底から放棄した男である。一切の筋（ストーリー性）を無視している。文章の効用を踏みにじっている。

一切を、限りなく深く、痛み多い虚無の足場に立って絶壁に挑む、生と死の谷間のロック・クライマーの厳しい姿がそこにある。私個人としては、彼の作品は読む気がしない。それでも、『モロイ』や『終焉』、『追放された人』、『鎮静剤』など、邦訳されたものの極くわずかな部分を、いやいやながら読んでみた。

ペーター・ヴァイスの、とりとめもなく、ぐずぐずと尾を曳く文体が、ベケットの場合、ぶつ切りにされた短い、極く平易な文体の珠玉を通して長たらしい意識に置き換えられている。

ベケットは、モノログしかいえない、巨大な自閉症的詩人なのだ。

おそらく、彼のそうした生き方、つまり対話という、文学者にとっての金科玉条に対する違法は、直接そのまま、彼の、従来考えられてきた文学に対する反逆の意志のあらわれにつながっている。

まるで、にわとりのように同じ啼《な》き声で決まった時間に啼く態度をとる。自分を反復するか、さもなければ、黙るしか手がない立場に自分を置いている。だから、これほどの極限状態で書き進められるベケットの作品は、モーリス・ナドーによっては

「人間は幼虫にまでひきずりおとされ、その幼虫が這いずりまわって泥にまみれる。世界からは、単に混乱した、全く無意味な響きしか、もはや、この男にはきこえやしないのだ。彼の口からもれてくるものは、おしゃべり《パロール》（言葉《モ》ではない）、擬音語、そして腹鳴りである。」

でしかなく、J・ブロック＝ミッシェルによれば、

「彼は、従来の小説を、とめどなくこみ上げてくる内心のつぶやきの中で破壊した。そして、理性の全然届くことのない、また、これのお陰をこうむらない、何ら捉えど

ころのない、流動的なモノログをつくり上げていった。」である。

擬音語とか流動的なモノログとは、まさしく、ベケットの文体をかなり正確にいい当てた表現である。彼の文学が「言語芸術に対する、言語による激しい反省ないしは厳しい悟り」であることは間違いない。

文体の形式に捉われずに書くためには、英語よりフランス語の方がずっと自由だと考えた彼は、はじめは英語で書いていたにもかかわらず、フランス語に転向した。この辺りにも、彼の、言語による反省の厳しさの、並々ならないものを感じさせる何かがある。

彼は書くことさえ、一つの妄想として否認するほどに、彼なりの虚無の世界に立入っている。余りにも奥深く、はまり込みすぎてしまった。もはや、彼にとって、何一つ書く必要はないのかもしれない。バババ……とか、ドドド……と、同じ発声を永久にくり返えしていても、そのことは、いわゆる名作と呼ばれている文学と比べていささかも劣ることがないし、また、優れてもいないはずだ。彼にとって、一つの表現、一つの描写は、文学という美名にかくれて行う虚妄《きょもう》の行為であると断言する。

こういった立場でものを書きすすめるということは、隠者が、人里離れた森の中の、小屋の前の空地を耕すようなもので、純然たる独白《ひとりごと》の性格を帯びることを避け得ない。

そのために、いや、そのせいで、彼の作品の中で、つぶやきをつづける人物は、きまって社会的、肉体的両面において、もっともひどい欠陥のある人間である。

社会的には、精神異常という孤立した立場をとらされ、肉体的には、不具という断絶の生き方を強いられる人物が続々と登場する。『マローン死す』の中では、瀕死の床についているマローンが登場し、『モロイ』の中には、自分の体が徐々に腐っていくのをみつめている跛《びっこ》のモロイであり、『名付けられぬもの』の中では、いざりのマフッドなどである。

彼等は一様に精神が異常になっている。厳しい孤独の中でそうならざるを得ないのだ。彼等には、何一つ、日常性を期待出来ない。常識も、通念も、ありはしない。極度に不均衡を保って傾き、時間と空間から漂流して、目的のない方向に流れていく姿がそこにある。歴史の中に記録される世界から完全にはみ出してしまっている。巨大な人格と、雄大な人間的魅力を具えて、下品で干乾《ひから》びた日常性からはみ出してしまう、いわゆるアウトサイダーですら、これら不具の孤独者からみれば常人であるのかもしれない。ぶつぶつと、とりとめもなくものを考え、ものを語り、ものを論じる。一つ一つの言葉には意味がある。だが、それらの言葉の全体の流れの中には、全然意味がないのだ。誰れ一人、こういった男達の問に答えてくれるはずもなく、質問を本気で浴びせてくる気遣いもなく、攻撃もせず、同意するわけでもない。社会は、彼等不具者に対して、冷たく、無反応な自然界でしかない。だから、社会から眺めれば、彼等もまた、それと同様に、石ころか木片のように、冷たく無感動なものとしてしか映りはしない。

ベケットは、おそらく、こういった、不具者の厳しくもの憂い世界の中に、書くことの最後の意味を見出したのだろう。彼は、社会にとって全く必要のない人物になりきることによって、辛うじて文学を肯定することが出来た。私は、それとは全く正反対の立場をとる。社会に、この世の中に、この地上にひどく興味を抱いている。だから、口ぎたなくこの社会をののしり、悪態をつく。

彼は自分の書くものの中に、人々が示唆《しさ》を受け、啓示を受け、発奮し、悟り、開眼し、勇気づけられるようなものの一切を拒否する。

しかし私は違う。私の書くものを通して、人々は、大いに発奮し、啓発されなければならない。これは善悪の問題ではない。単に好みの問題だ。赤い帽子が好きな人間と白い帽子の好きな人間の違いと実質的に全く同じなのである。

私は、読者を忘れて書きつづける。そのように書きつづけることには間違いないが、これは、どのように眺めても、どう読んでみても、対話の書であることがはっきりしている。相手が耳を傾けようと傾けまいと、私は、相手に向かって、真正面から、堂々と、洪水のように言葉をぶちまけていく。ベケットは、歴史に背を向けた。私は、歴史に対して、顔を向けている。

否、私が、この様に、言い切ったのは、或いは誤っているのかもしれない。彼自身、ちゃんと、世間と歴史に顔を向けているのかもしれない。そうだ、ちゃんと顔を向けている。

「さて、そろそろこの物語りにしめくくりをつけよう」とか「多分また、別の機会に、違った物語りをすることもあるかもしれない」とか、かなり頻繁《ひんぱん》に、いろんな作品の中で言っているところをみても、そのことは充分はっきりしている。こういった言葉の言いまわしは、ずーっと昔、フローベルやドーデ達が好んで用いたものである。

案外、ベケットの文学態度は、モノログを基調にした、別種の技巧なのだろう。所詮、人間は、この社会と歴史から背を向けて暮すことなど出来やしないのだ。

文壇などといったものを、完全に認めない彼の生き方は、それにしてもひどく純粋だ。彼の生き方が示唆してやまないもの、それは、人間は自分流の生き方をする時、もっとも太く長く生きられるという事実であろう。結局、人間は、自分の生き方以外で生きられるはずがなく、もし、全く別の生き方をしているとするなら、それは、まだ母の胎内で、羊水にプカプカと、浮遊しながら悪夢をむさぼっているからだ。そういう人間は、完全に、一度、死に絶えてしまうまで、本格的には生きられない。

それにしても、ノーベル賞が、こういったベケットに与えられるとは、一体、どういうことなのであろう。

「スエーデン・アカデミーは、自分達がどんなに恐るべき作家に与えたのか、十分知っていたかどうか――」

と書いているのは、高橋康也である。

x　x　x

ともかく、ノーベル賞の存在のあいまいさはさておいて、ベケットの文学は、私の好みに合わない。彼は余りにも文学のための文学をやりすぎている。彼の作品には、現代の人間の魂の苦痛が極限状態にまで刻みつけられているとはいえ、彼の生活が感じられないのだ。彼の思想や思考は、向う側に貫き通っていない。思惟《しい》のパイプが、絶望的に詰まっている。

可能性の袋小路。断崖のふちに立つ追放者。思考の終焉《しゅうえん》。

私は、そういった、弱々しく絶望的な暗さ、陰鬱《いんうつ》さを、さも文学の本道だとか、知性豊かで気の利いた人種の示す生活態度だと早合点している人々の仲間ではない。私は、万事について、もっと素朴で単純なのだ。ふりをするのが大嫌いだ。

私は、向う側に貫いている思想と行動の中で生きている、もっとも平均的な人間である。むしろ、神秘は、そういった平凡なものの中に漂っているものなのだ。陰鬱な、閉じている世界には神秘さが漂ってはいない。虚無の化石が、漂々と枯れ果てた花々の間に林立している死の風景だ。言葉は一つもない。沈黙の中で黒い鳥が、不気味な声で笑いつづける。タンギーの描く超自然の野辺に展開する幻想の世界である。ところどころ落ちて散らばっている貝殻や骨、枝、昆虫の死骸は、何一つまともなものを説明しようとはしていない。道はどこにもない。遠近感は全くゼロだ。明暗もまたない。その広がりゆく世界は、限りなく明るくて、同時に、限りなく闇におおわれている。人間が人間のままで入っていってはいけない処。人間は、一滴の血の滴《しずく》か、雪のフレークに化身してからでないと立ち入りを許されないところなのだ。

残念ながら、かくも厳しく人間の魂をつきつめて強力な電子顕微鏡下で真価を発揮するプレパラートにまで仕上げられていった彼の文学ではあるが、それは向う側に貫通していない、閉鎖の思想である。

生きているものは、すべて彼方に向かって突き抜けていなければならないという私の鉄則に反する以上、これはまさしく失敗作なのだ（というより、私にとっては、死に絶えている作品なのだ)。

私は、単なる言葉の遊びにかまけている暇はないので、そういった傾向の見られる作品には、本腰を入れる気になれない。

フローベルよりはジェフィリーズにずっと近づけるというのもそのためであり、モーパッサンよりジョイスにずっと親しめるというのもまた同様な理由からだ。

それにしても、長い人類の歴史をふり返ってみても、本当にその人間がおどらんばかりに書き上げ、歌い上げ、語り尽くしたという作品はすくないものだ。殆どが、何らかの意味で、小手先二十糎の技巧の成果にすぎない。足の指にペンをにぎらせて書いたような作品は本当に稀だ。包装紙の裏に、無雑作に書かれたという大胆極まりない作品も、皆無に近い。

そういう意味では、残念ながらベケットの作品も、現代感覚の粋を尽くして書かれた、新しい時代の最先端を行くテクニックの所産であることは間違いない。

そして、ノーベル賞選考委員会は、結局、何者なのかと、われわれは改めていぶかる必要がないのである。川端の、なんとも時代遅れな、到底現代精神をまともなかたちでは満足させそうもない技巧主義や、ベケットの、洗練されてすっきりとした新技巧主義も、新旧別々の皮袋に入れられてはいるものの、つまるところは同じ安酒に変わりがないのである。

私の番だ！

私は、今の今迄、全く能無しのような生き方をしてきた。少なくとも、軽薄な魂しか持っていない文明社会の寄生虫的人間共からみれば、私は、全く能無し野郎、いや、それ以上に精薄患者であり狂人であったのだ。だが私は、常々、ぶつぶついいつづけていたはずだ。それを聞いていた人々は、よもや否定はしないだろうね。

「私の出番がまだめぐってこない。神の演出するこの惑星の全域をステージとしたドラマの中で私が主人公となるシナリオは、未だ一度も書かれてはいなかった。書かれていないことを知ることも、やはり予言者の能力の一つですから」

私はそうつぶやきつづけていたものだ。

しかし、今こそ、私の出番がまわってきた！　この社会で人気者になることではない、宇宙のリズムに乗って私の心の中に伝えられてきた密命を帯びて、私は一人一人の人間の心に影響を与えるべく活動しなければならない事実をはっきりと確認している。私がこのドラマの中で主人公となるのだ。なんとすがすがしいことよ。私は、もはや何一つ遠慮することも、計画することも、ためらうこともない。堂々とぶつかっていけばよい。万事は、私の道が開かれ、また、私の言葉、私の行動によって救われていくように展開する。私はにこやかに、一歩一歩進んでいけばいいのだ。私の目の前の壁は、一切消滅してしまった。すべては好調だ。私は、甘美な歌を、念《おも》いの限りをこめて、責任をもって歌えばいいのだ。血を沸き立たせて歌い上げればいいのである。

遠い南の島、沖縄に住む青年よ、君は昨日、一昨日と二日の間に、三通の航空便をくれたね。酔って酔って、酔い痴《し》れているという君の言葉にも私は大いに励まされた。そう、これから、とび抜けて巨大なスケールの人間革命が起るのです。今、やっと、その世界変革のための押しボタンの前に私は座ったところだ。それにしても、この座は、なんと座り心地が良いのだろう！　歴史上の大事件を起すボタンを押す者の座にしては、一寸ばかりロマンチックすぎるやわらかな座り心地。かつてソクラテスが座った椅子。アレキサンダーが座った椅子。シャカやキリストが座った椅子。素戔嗚尊《すさのおのみこと》やデュオニソスが座った椅子。やがて、爆発的なことのはじまる兆候が、もうありありと見えはじめている。

とにかく万万歳だ！

私の信じる同志達よ、私の心から愛する女神達よ！　もうその日が来たのだ！　私と一緒に勝利のうたを歌おうではないか。

喜びのうた！　歓喜のうた！　そこにはいささかの戸惑いもためらいもない。自分の内側の法則以外のものを一切除去した、清潔かつ高邁《こうまい》な道がある。その道だけが生命を賭けるにふさわしいものだ。それ以外は、その道が、たとえ文明世界のどのような権威によって承認され、社会正義のどのようなものに合致しようと、絶対に生命を賭けるほどのものではない。そういったものに本気になって取り組むと、はじめは英雄扱いされても、最後には十三階段の上から突き落とされ、くびり殺されるのが関山だ。これほど喜劇的なことがあろうか！　たとえ世間という間抜けども、集団催眠の後催眠効果に酔い痴れてふらついている者どもから笑われても、人間の格はいささかも下ったり傷付いたりするものではない。だが、永遠のリズムからすっこ抜けた道化者だけにはなりたくないものだ。人間、何事も真面目にいこうではないか。〃社会の正義〃という悪を捨てろ！　集団の中に自分を埋没させて生きるもぐら人生は、決してかっこよくはないのだ。人の道とかいう邪悪な考えを、真心を込めて捨てよ！

はじめて入った海

徐々に音量を増していく第一ヴァイオリンの高音。それは、やがて激情的なものに変わっていく明らかな前徴である。

私の心は、今、強く、ニンの小説の中の主人公、サビーナに捉えられてしまっている。未来人と、サヴァンナの古代人が彼女の肉の中で同居している。頭髪と性毛とに大差のない女。食事と性交を区別しない女。音楽の美と肉体の快楽を同等に評価する女。現実と夢を一つの世界に引きずり込む女。むしろ現代という不毛の土壌、酸性の高い土壌には生い茂ることができない仇花なのだ。一つの奇蹟、一つの理想の実現、肉と精神の勝利として、この女は、大きくクローズアップされる。

サビーナは女友達のデューナと対話を続ける。

「私は、生活が強制する鋳型を、いつだってこわしたくて仕方がないの」

「何故?」

デューナはいぶかし気に問う。

「私は、自分の一切を消し去ってしまうために境界線を越えたいのよ。一人の人間が一つの型に、永久に閉じ込められたり、他に何の希望も持たずに一ヶ所に押えつけられていたくないのよね」

「それは、ふつうの人が願っていることと丁度反対のことじゃなくて?」

「まあそうね。住宅計画があるって、いったものなのよ、それは、建物の要らない住宅計画なの。何だっていいわ。船だって、トレーラーバスだって、ただ、自由に好きなところに行けるものが欲しいのよ。誰も、私の居る場所なんかしらないと判れば、私、本当に安心出来ると思うの。ホテルの部屋なんかそういう場所ね。部屋の番号だって、ちゃんと外にあって、わずらわされないわ」

「だけど、それはどういう安心なの?」

「私は追われているんだわ、それから逃げようと躍起《やっき》になっているのよ。私は一人の男を愛するんじゃなくて、何人かの男を愛してしまったわ。きっと、それで私には罪があるってわけね」

「あら、そんなの罪だとは言えないわ。それは唯、愛を分けてしまったというだけのことよ!」

「でも、私は、そのために、嘘をついたわ、嘘をつかなければならなかったのよ。ねえ、あんた、犯罪者の中には〝私は、それが欲しくて手に入れるためには、盗むより他に仕方がなかった〟って言う人も居るっていうじゃあない。私も、時々、嘘をつく以外に欲しい物を手に入れることが出来ませんでしたって言ってみたくなるわ」

「じゃあ、それを心しているわけね」

「でも、私が本当の事を言ったら、私は孤独なだけじゃあなくて、皆から背を向けられてしまうわ。それに、他のいろんな人達をひどく傷つけてしまうことになるじゃあない。アランに向かって、あなたは私の父親のようよ、なんてどうして言えるかしら」

「そう、だからあんたは、子供が親を棄てる様に何度も彼を棄ててしまうのね。そうやってあなたは成長していくんだわ。一種の成長の法則なのね」


現代人は、多かれ少なかれ、多く持つことによってひき起こす社会からの孤立を恐れて、つい、程々に事を行なう様になっている。確かに〝過ぎたるは及ばざるが如し〟が文明のすみずみに迄、蛆虫の様にうようよしている。創造的人間は、あらゆる面で常に豊かに満ち満ちている。そうであることは〝過ぎている〟ことであり、非創造的な伝統と、組織、権威に蝕ばまれた社会にとっては悪徳でしかないのである。

だが、我々は、社会に義理立てする必要はなにもない。社会の為を念《おも》ってさえ、先ず自分が豊かに生きることは有意義であると私は確く信じている。多くの愛を持つことによって罰される不合理、そこには、ニンが必死に訴え、非難し続ける、死に絶えたモラルと伝統がある。

サビーナを、単なる家庭の破壊者、子を育てる能力に欠けた女のイメージとして捉えてはならないのだ。この場合、開眼している者には〝家〟が文明の腐り果てた掟をほのめかし、一人の男性が、一定の、限られた主義主張のタイプであると判るはずである。その点、私なども、完全に一種のサビーナであることを喜ぶ。宗教人であって芸術家のはしくれ、研究家であって思想家でもある。労働する者であり、豊かに暮す者であり、高度の知性の持主であり、野蛮な人間である。最も現代的な人物であり、同時に最も原始的な人間でもある。氷の如き冷静さの男であり、火の如き情熱の男でもある。私は、あらゆる男と火花を散らして快楽の底に沈むことの出来る、サビーナの様な人間である。しかし、一定の男と、十年一日の如く繰り返す、情感が失われ、水々しい欲情の枯れ果てた情事を行うのではなく、異った男と、一生に一度の惨劇を嵐のような激情の中で夜毎に繰り返す。それこそ、私がエネルギッシュに生活していられる理由なのである。サビーナは、嘘をつく以外に、この様な豊かな愛と行動を手に入れることが出来なかった。私にとっては、怒り、苦悩しつつ、文学的制約や宗教的伝統の一切を打ち棄ててペンを取る以外に、創造的生活を確保することは出来ないのである。

サビーナにとって、落ち付くということは死を意味するし、天体にとって、自転、公転、そして全体として何処かに突き進んでいる運動のなくなる時、それは、この領域の終末を意味している。細胞が生きている限りは絶えず分裂、増殖していく様に、サビーナは、常に動き、激情を抱き、狂い、愛し、慕い、求め、歓喜する。

真の宗教人や芸術家にとって、生活の休止は有り得ない。有るとすれば、それは、人の手になる音楽のスコアの上でだけである。休止の際も、生きている演奏家達は、休止の為の息づまる行動に情熱を傾けるし、指揮者はタクトの先に、強力な神経を放電させる。聴衆もまた、休止のひとときを、精神の密度を濃くして耳をそば立てる。文字通りの静まり、乃至《ないし》は休止といったものがもし人間にあるとすれば、それは、死んだ時のみに限られている。

我々は死者でない故に、決して落ち付くことがない。常に何かに対して怒り、笑い、愛情を注ぎ、信じ、不信を抱き、労し、手を休め、走り、立ち止まり、眼を閉じ、凝視し、行動し、思考し、絶望し、希望する。大半の人間は、そうした生活を創造的に自ら行なえないので、一つの伝統、習慣、規則、常識、通念にまかせて行動する。それは、一種の機械になってしまうことなのである。

たしかに現代人は、高等な機械にすぎない。錆《さ》びつくことと油の補給は必要ないが、倫理観を具え、感情を抱き、直ぐに疲れ易く、もろい機械なのだ。機械は一個でも動くが、人間は、集団でないと動かないところに悲哀の濃厚な要素がある。サビーナは、いわゆる現実と非現実、実際と夢との垣をこわしてしまっている。「自分の創造物や虚構、空想と、真実の自己との間の領域のどこかで、彼女自身は失われてしまった。境界線は取り払われ、道は失われ、彼女は純粋なカオスの中を歩いた」である。

かつて旧約の時代、予言者イザヤもエレミヤも、エゼキエルも彼女と同じ体験をした。斯くして、イザヤは烈火の如く厳しい言葉で予言したが、予言者であることを除けば、シカゴの大親分、アル・カポネのそれと一体何処が違うというのであろう。繁栄を誇る都を見て、その終末の間近かなのを見通し、涙せずにはいられなかったエレミヤは、精神分裂症の気の毒な患者とどこが違うというのか。エゼキエルは、まさし、夢遊病者の類であった。

我々は、本物を見る為には、どうしても、こうした、余り誇りにならない人間になり果てねばならない宿命を負っている。それを恥じとはしない。むしろ選ばれた者として、彼《か》の予言者達の様に、喜び勇んで、担うのである。

人間は、一瞬一瞬、地球の三十三万倍はある太陽のかたまりを飲み下している。最低の下劣な人間でさえ、これを易々と飲み下しているのだ。この、細菌の傲慢《ごうまん》さよ！完全に燃え盡きてしまう迄、あと九百五十億年はかかるという太陽だ。しかし、そうした太陽を飲み干しながら、同時に人間は、明日の為に危機感にさいなまれている。九十年の人生しか与えられていない肉体が、九百五十億年の寿命の太陽を飲みながら、二十四時間後の人生に就いて苦悩するのだ。我々は極度におびえ、甚しく恐怖に包まれる。何たるこの傲慢さ！　まさしく、これで、人間の生きていられる理由が判った。

だが、明日に危機感を抱くのは、極く極く限られた人々だけであって、大半の者達は実に安泰である。処世訓や、愛などを話していられる程にのんきである。太陽と地球と自分の年令を指折り数えたこともありはしない奴ら。伝統と組織の中で、良い子になりたくて仕方のないみみっちい連中。その様な集団の中にのみ、メダルの存在意義があり、文豪も生まれ、英雄も出現するのである。本当に自己を掴み、その危機感に悩む人間には、決して英雄等の出現する余裕を与えはしない。敢えて、英雄が居るかどうか探し求めるなら、一人だけ居ないこともない。それは、彼自身であって、美徳も、規則も、伝統も、組織も常識も、彼自身以外のものではあり得ない。

サビーナは、常に、自己の内側に宿している一つの荒々しい羅針儀を意識する。その針の示す方向にのみ、常に生活の舳先《へさき》を向ける。彼女には地図がない。また、あっても必要とはしない。常に未知の海域を突き進む。彼女には目的が必要ではない。進むこと自体にすべての意義があるのだ。私は、この真理に心をおののかせる。進むこと自体を目的に出来る人間となりたい。

結局、答えなど、ありはしないのだ。唯、信じて行う行為のみが怒り狂っている。自分を信じるより他に手はない。

盲目的に、混沌の海原に漂よう信頼のかけら。触手は活発に伸びつづける。食欲は旺盛。笑いは、波をざわつかせて私の体をやわらかにする。そこが海原であることは何と幸運なことだ。

単なる観念、抽象にすぎない。経度も緯度も我々は無視している。海原は、単に、大量の海水の連続でしかない。魚達は、自由に泳ぎまわり、そこにはハイウェイも、境界線もありはしない。海原は深海のつながりだ。常に深海の幻想が浮び上り、漂よい、引きちぎれ、風となり雲となり、青空となる。潮流、あれは、海原の動脈であり、心臓の鼓動なのだ。我々はじっと、それに耳をそば立てる。しかし、その鼓動が、実は、自分自身の心臓の鼓動につながっていることに、一寸ためらうが、やがて、一つの悟りに入る。一切は眼に見えぬ宇宙の精密なメカニズムによってつながっており、余りにも、その仕組みや構成が精巧である為、我々は、もはやそれをメカニズムと呼ぶ勇気を失ない、我々の周囲の可視的な万物は、こうしたメカニズムの部分部分に生じた錆にすぎない。それらは、宇宙の運動を、かなり鈍らせる役目を果している。真の宇宙の実体を看ようとする者は、それで、どうしても眼を閉じてしまうし、また眼を大きく開いていても、事実上、瞳や、水晶体や眼底は機能をストップしている。しかし、光の乱反射によって網膜に伝達されるものの彼方の何かに、じっと眼を凝らす。それは精神と直結した物の見方であって、予言者や芸術家は、しばしばこのような恵まれた眼を具えているのである。私の体と心は、この波にもまれてやわらかになっている。そうだ、私は一つの大きな錯覚に陥っていた。人間は、未だ、文明等と誇れるようなものは何一つ手にしてはいないのだ。水辺から這い上ってさえいないのだ。深海からやっと水面に浮び出た軟体生物にすぎないのだ。手にした妄想と悪夢は、軟体の細胞の一つ一つに滲《し》み込んで、あたかも、自分の力で地上に高度な文明を築き上げたような錯覚に捉われてしまっている。妄想の故に、細胞の一つ一つは痛みにふるえている。怒りは絶頂に達し、虚しさは完璧なのだ。蟻や蚊達の活発な動作を見よ！それに比べ人間の動作の何と緩慢《かんまん》なことであろうか。動作動作の合間に、余りにも理屈が多すぎ、合理と論理が、あたかも歯車の間に入り込んだ砂のような障害となっている。お世辞が余りにも多すぎる。形式的挨拶をやりすぎるのだ。それに、それぞれの言語が邪魔である。文法も、発音も、単語も含めて大きな障害となっている。テレパシーのような伝達法が人間の日常生活に繰り入れられる迄、本当の文学等有り得ないし、本格的な文章は期待出来ない。人間の言葉、これは呪いだ。窓外のうるさい女共の話し声。私は、この呪いの文字を相手に、山のような怒りと戸惑いと、激情の一角を切り崩しつつ、日毎、書き続ける。ここで、デビュッフェ的に言葉を表現してみよう。言葉なんてものは何処にも存在しやしない。唯、言葉の染みついている実体のみがあるのだ。私は、砂利や石を築いていくように言葉を築いていこう。やがて、テインゲリーのするように、それを、ダイナマイトで一気に爆破してしまうのだ。空中に飛散する言葉の断片。それは、きっと見物《みもの》だぞ。絶頂感にわななく陰唇の様にひらひら空中に舞う様は見物だ。

「ねえダァディ、いるかのフリッパーが泳いでいたような海じゃあなかったよ。とてもきたないんだ。」

昨日海に行ってきた息子が嘆息まじりに言う。それまで息子は、いつも大衆浴場に、まだ湯が浴槽の半分位しか入っていない頃に出掛けていって泳いでいた。カラー映画に出てくるのと寸分違わない緑色をした薬湯なので、水中眼鏡を通して見るタイルは、海の底のイメージであったのだ。

「泥んこがいっぱい。汚い海草がちぎれてぷかぷかしてんだよ。一寸も眼を開けていられやしない。砂が直ぐ眼や口に入ってくるんだもん。」

泳げるようになってから初めて入った海なのである。

「それが本当の海さ、それにね。映画に出てくるような海は、もっと沖合か、誰も人の行かないような淋しい断崖のふちにあるものなんだよ。」

「ふーん、なぁーんだ。」

「魚や貝だって、人の混み合う海岸になんか来やしないよ。」

私は、そう説明しながら、続けて
「いつか、大きなヨットを買いたいね。そして家族中、それに乗って海の上を散歩するんだ。」

「うん、でもダァディ、余り沖の方にはいかない方が好いよ、危険だから。」

「そうだ、危ないものな。海岸から海岸をつたって、日本を一周したりする位だろうな。」

「ヨットって、あの大きな三角の帆のあるやつ?」

「いや、機帆船さ。つまり、帆もあるし、小さなエンジンもついているというやつさ。船の中には、食堂も寝室もついている。無線機もあって、絶えず陸地と交信するんだ。ステレオも具えて、好い音楽を聴きたいね。」

「どれ位するの？」

「さあ、どれ位かな。一千万円位？」

「それじゃあ、無理だよ。第一、今、アコーデオンだって月賦でしか買えないんじゃあないか、ダァディ」

今年のクリスマスには父のポケットマネーで五万円程度のアコーデオンを買ってやる約束になっている。しかし、どのようにして頭金を揃え、残りの分割払いをしようかと、頭をひねっているところなのである。

「ああ、それはそうだが、なあに、そのうち、ダァディ君も、多少は有名になるさ。」

「なに、その有名になるってのは？」

幼い息子にしては、意外な程、厳しい口調であった。息子達が、夏休みの体操のために遊園地に行ってしまったあと、妻は「有名になるなんてこと、間違っても言わないでよ、お父さん。あの子は、それをとっても気にしているのよ。時々、溜息まじりに、ダァディは、そんなに有名になりたいのかなって言っている時もあるのよ。」

私は、瞬間自分の口に不信を抱いた。有名になるということ、それは、多少の金が手に入ることとつながった意味で言ったまでであって、いわゆる有名人や人気者になろうとあくせくした事は、ここ数年はなかったはずである。しかし、有名になって悪いとも思ってはいない。そんな〝有名〟に対して軽い気持でいる私は、勢い、この言葉を、無闇に口にしているのかもしれない。

「だって、一千万円の買物をするには、一応、有名にもならない限り、この貧乏人には考えられない話じゃあないか。唯、そういう意味でいっただけさ。」

「それなら、いいんだけど。でも子供達は、あれで、ちゃんと、一つの主義があるらしいから、気にさわるようなこと言わないようにしてね。」

「ああ分った、充分気をつけよう。」

私は正直うれしかった。有名になることに期待するんではなくて、その逆を願う息子の図太い神経に対して心から爽快な気分になった。妻との話がいつの間にか昨日のピクニックのことに移っていった。それは町内の小中学生とその父兄達のピクニックであった。我が家では妻が同伴した。

「オバQの歌を上手にうたった子がいたのよ。」

行く途中、バスの中でやった余興のことを話しているのである。

「そして、その子の直ぐわきを見たら、すっかり禿げ上ってしまっている橋本さんのおじいちゃん。みんな笑いころげてしまったの。おじいちゃんまで、しまいには、ワッハッハッってなる始末。」

「あのじいさんも行ったのかい？」

「そう、あそこじゃ、おじいちゃんと孫達で来たわ。そういえばね、あのおじいちゃん、うちの子がしっかり座るって驚いていたわ。」

八ヵ月になる三番目の息子は、妻が背負っていったのである。

「でも、お嫁さんの方は、そうでもないのよ。いつも自慢たらたら。うちの子は、うちの子はって、そりゃあ大変なものよ。」

老人が連れていったのは外孫であって、彼の長男は、昨年嫁を貰って、軒を並べて住んでいた。うちの子と相前後して男の子が生まれている。

「あのおじいちゃん、正治って名前。まさはるとも読むでしょ。孫の名が、治彦なのよ。息子の方で『長男なんだから、おじいちゃんに任せる』って言ったそうだわ。そこで、おじいちゃんは自分の名の一字をあげたのね。ところが、おさまらないのはおばあちゃん。」

この家庭では、つるりと禿げ上った血色のよい老人に対して老婆の方は、歩くことさえおぼつかない位によぼよぼである。いつも外に出る時には、娘に手を引かれている。

「おばあちゃんにしてみれば、秋に生まれた子に、はるひこって名を付ける法があるかっていう訳よ。でもおじいちゃん、強引に押し切ってしまったらしいけど。」

「自分の息子の名を親父に付けさせるなんて最低だな。少くとも、私のセンスではな。」

そう吐きすてるように、私は妻にいった。妻は、そうした私の心を良く知っているから、こういった話をわざわざしたのである。

「そんな奴に、碌な人生は送れないな。何も、そういったからといって、職業のことをいっているわけじゃあない。」

その息子というのは自動車の修理工をしている。

「修理工だっていいじゃあないか。しかし、生き方というか、心の据え方だね。自分を自分の法律にしていけない人間に、どうして、自己のくせや、性格や傾向を美徳と信じられるだろうか。恐らく出来ないと思うな。ナポレオンは、自分自身を自分の先祖にしたし、ランボーは、故郷を憎んだじゃあないか。キリストは、予言者は己が里では受け入れられないと言い、ミラーは、生い立ちの地に住む人々を機関銃で一斉掃射したい気分だと怒りをこめて書いている。私はその点、完全に、ローム・サン・パス（過去のない人間）なんだな。一切は自分から始まる。」

熱しきった私の言葉の一つ一つを妻は黙って聴いていてくれる。私は、この女によってどれだけ力づけられ、啓発され、はげまされていることだろう。私に耳を傾けてくれることによって、私は、この上もなく励まされるのだ。私は、息子達が、親の言いなりになることを、心から憎悪する。親の意見や、知識や生き方を一笑に付して、堂々と巨人の如く、妻をめとり、自分の独特な家庭をつくって貫いたい。そうした状態を眺める時、父親として最大級の栄誉礼を受ける事を、私は、内奥深く意識することと思う。私の最も憎む人間は、誰もが言いそうなことを言い、流行の服装をして、使い古された思想に夢中になり、集団に酔わされるといった類の根性の持主である。

アナイス・ニンの言葉は、それ故、活き活きとして一つの説得力を持つ。前に引用した言葉だが再度、書き止めておこう。十回書き連らねても、百回書き連らねても、千回書き連らねても、決して倦怠を感じない言葉というものが事実、存在するのだ。そうした可能性を許容しない限り、聖書の存在意義は大分稀薄になってしまうではないか。ニンの言葉とは、つまり「子供が親を棄てるように……。そうやってあなたは成長していくんだわ。一種の成長の法則なのね」ということなのだ。その通り、我々は成長、乃至は巨大になるために、すべての過去を一つ一つ背後に棄てていかなければならない。過去の亡霊にとりつかれている奴は、臆病者か死者のみである。生きている人間にとって、現実は「現在の時制」でしか説明出来ないものであり、現在時制にこそ、生命は豊かに溢れ満ちるのだ。神は、旧約聖書の中で、常に現在時制で存在することをほのめかしている。神のイメージに造られている人間も、それならば、常に現在に生きる者でなければならない。現在こそ、すべての創造の行われる領域であって、過去は化石であり、形式のみが、元の姿、在りし日の姿をとどめている。中味のない、固定化した化石に過ぎないのだ。それと同様に、本来は、一つの幻影であり、妄想と悪夢が織りなす蜃気楼《しんきろう》であって、それは、まさしく、掴みどころの全くない、実にすばらしい形式にすぎないのだ。

隣室のピアノはツェルニーを練習する一番上の息子。二番目は、家で飼っている金魚と、昨日水族館で見てきたピラニヤと大体同じ大きさだったことをさかんに母親に話している。金魚とピラニヤ、同じ大きさであっても、その違いのどれ程大きいことであろう。片方は、牛を食い殺し白骨だけにしてしまうし、他方は、暑さ加減では浮き上ってしまう奴。人間にも、同じ六、七〇キロの体重でありながら、ちゃんとピラニヤみたいな、また、金魚みたいなのがいる。私は、まさしくピラニヤの方に属する。

現在時制の中で、山程の夢を食い尽くし、なお、飽き足らないで、夢をむさぼる。骨一つ残しはしないのだ。私の周囲には一種の緩衝《かんしょう》地帯が出来上がっている。どの様な断片も食い尽くされてしまって、塵一つ残っていない空白地帯が周囲に帯のように広がる。従って私は、ジャングルにひそむ敵に対して全くすきだらけのライオンに似ている。ライフル銃の狙いはいとも簡単であり、矢でもって射殺することも実に容易だ。私は、八方破れの人間だ。私を殺すことは幼児ですら可能である。しかし、私を狙うものは、良く心するがよい。私は、必ずその相手を噛み砕きながら死ぬ。自己の一切を、狙られる前から、さらりと棄ててしまっているのだ。私にはテクニックというものがない。作戦も企てもありはしない。唯、素裸の生命だけが、根源的な要求に応じて創造しつつ生きているのみである。私は常に身のまわりのものをむさぼり食い尽くし、身を周囲にさらしている。恐れはない。常に生命の鼓動の確認のみがなされている。柵は取り払われ、城はくずされ、門は打ち倒されている。私は、野に立つ一本の巨木なのだ。誰でも、私を狙う者は伐り倒すことが出来る。しかし、伐り倒された時には、既に、幾千、幾百という木の実が地面にもぐり、やがて巨木になる生命をはぐくんでいる。伐り倒された巨木のまわりに、一斉にそれらは萠芽し、天をめざして伸び始める。決して絶えることはないのだ。

文学は阿呆の趣味

二十世代も前の高名な先祖を、そこここに意識しながら、誇りと弁解を交互につき出す文明人。二十代目の自分には、その先祖の他に、百万人もの異った人間の血が混入していることを知らぬ気に誇る。四代で十六人の見知らぬ人間を先祖と呼ばなければならず、六代目で六十四人の血の中で、血統は明らかに虚偽となる。八代目には二百三十六人の血が入って、歴史は空漠たる彼方に消滅していく。結局、人間は、先祖が存在すると勝手な錯覚をしているが、そんなものは居やしないのだ。バッハの、あの音楽の才能に恵まれた家系の中には、さかりのついた牝犬のように、鮮血がごぼごぼ溢れている。

実際、我々に先祖など居やしないのだ。百万人の亡霊達の不用意にもらした精液と、百万人の牝犬共のだらしない陰唇のせいでこんな具合になってしまっているのだ。国会で弁舌をふるう奴も、生徒達に立派なことを教える野郎も、平和と繁栄の為に闘うロボットも、結局は、亡霊達の妄想と失敗と助平根性の結果なのだ。それが分ったら、大いに笑うが良い。ノイローゼが完全に治癒する迄笑いころげたら良い。精神病院も吹き飛んでしまう位大声をあげるのだ。亡霊達の無責任さと、周到な計画の下で、我々は自由を満喫する。我々は、どのような先祖に対しても、全く何の義理も恩義もありはしないのだ。亡霊共が精液を不用意にこぼした時より、ずっと以前の冥王星の彼方に耳を傾ける。それは、占星術的な理由からでも、天文学的な理由からでもない。唯、私の本能が一つの確かな声を聴き取る為である。其の声は同時にまた、私の内側の声でもあるのだ。丁度、コリン・ウィルソンが言うように、私もまた、ウェルテルや、チャイルド・ハロルドや、我々と同時代のモラヴィヤやベケットのような、過去半世紀間に亘る殆ど大部分の自滅的なペシミストを自己の内側に感じて仕方がない。しかし、射手座の星の下に、十一月二十九日午前十時に生まれた私は、底抜けのオプティミストだと星座は語っている。追い立てられれば追い立てられる程、多忙にとじ込められればばられる程、私の判断力は鋭くなり、眼は冴えわたり、私の神経は敏感になってくるのだ。スピードと変化と、無限の自由の中にこそ、本領が発揮出来るのだ。そのような領域に達する迄、私にとって、十回でも百回でも職業を変え、住み家を変えることは、美徳であって決して恥じることではない。私にとって忍耐は、日常茶飯事なのだが、同時にこれは、悪徳でもある。古いものの上に何かを築いたところで、決して満足のいくような成果は上るはずがないのだ。大胆に、一切をぶちこわすことが肝要だ。惜しむことなく、徹底的に一切をぶちこわしてしまうに限る。無から何かを創造しない限り、私は、自己嫌悪の狂気のような炎の試練から脱け出すことは出来やしない。菓子工場は香気で満ちている。何百何千という異った種類の菓子類で満ちている。しかし私は、その中の唯一つ、それはどれであっても良いというのではない。唯一つ、私の生まれた午前十時、しかも、射手座の空間において定まっていた菓子を食べなければならない。値段を知ることでも、味の良し悪しの理解でもない。美しい包装紙で包む事でもない。新鮮か否かの証明をすることでもないのだ。製造工場の伝統の調査や、資本金がどれ位かという事の確認でもない、唯、食べさえすれば良い。一切はそれで了る。自分の菓子を未だ手にしてもいない我々は、例え、他のどんな事を行おうと、知っていようと、悲しみと怒りは限りなく続くはずである。トーマス・ウルフのあの狂気、矛盾に満ちた駆け足の生涯は現代人の苦悩の象徴《しょうちょう》でもある。教養、知性、それはいつの間にか、伝統と因習の汚水の中で腐敗しきっている。本来これらのものは、伝統や因習と何らの関係もないはずではなかったか。常に自由に向かって前進し、真理を求めて活動し続ける進歩的、革新的な性格を具えていたのだ。それ故、学校とは同じ志と犯行の熱意に燃える同志が集まるエコール（派）であった。つまり共犯者の群にすぎない。それで、真の知性や教養からは、既成の社会秩序にとって、危険きわまりない破壊分子として憎悪される。現代では、大歓迎されることはたくさんあるが、憎悪される教養や知性は全く影をひそめてしまっている。生命あるものを書くこと、それは、秩序や構成をあらかじめ考慮したり、文章の内容を意識したりして、書き上げられる道理がない。一つの火山の爆発であって、溶岩の流れてくる方向は全く予知できないのだ。突発的であり、偶発的であり、衝動的である。こうした爆発的なものの背後には、百パーセントの自信がある。高揚されたナルシシズムだ。自分が天使であるということにうっとり出来ない奴が、どうしてちっぽけな翼をはばたいて大空に舞い上がる勇気と決心が出来るだろう。友人パーキンズの再構成、削除を激怒したウルフに私は同意する。ウルフは、パーキンズの願ったような、そして今でもそうだが、世界中の読者達が一応そうした傷だらけのウルフの作品に満足している姿を心底から嫌悪しているのだ。ウルフの作品は本来、彼の願ったような荒けずりで、秩序を欠いた状態で読まれる時の爆発的な威力は、一度もひき起されてはいない。彼にとって、彼を激讃して惜しまなかったアメリカ最初のノーベル賞文学者、シンクレア・ルイスの言葉さえ何の意味もなかった。一層、強力にして巨大な何かを彼は、人間の目ではなくて、天使の目でもって望見しようとしたのだ。

私には、天使のすかしが入っていると豪語するミラーもまた、同じである。彼の作品の真価は、極く極く少数の人々以外には、判断されていない現状なのだ。無秩序、非構成等が是認される迄、ウルフの作品も、ミラーの作品も余り効果を発揮することはない。それに、彼等のまさしく人間であることが信じられるように、その語り出す言葉の一つ一つが信じられない限り、言葉の洪水、饒舌《じょうぜつ》と見られ続けるだろう。彼等の生命のリズムに周波数を合わせた人々にとって、これらは、決して言葉の洪水でも、饒舌でもありはしないのだ。彼等は、あの尨大《ぼうだい》な言葉の量を積み上げたが、その一つとして不要なもの、無意味なものはなかったのだ。彼等よりも文学を重要視する人々は、死せる文学に義理を感じ、文学に対する古くさい恋情絶ち難く、彼等の生命を、無責任にも切りきざんで、無惨な奇形をつくり上げてしまった。構成、秩序といった悪夢の中でのみ満足出来るものに変形させてしまった。ウルフの作品がパーキンズの手から解放されてあるがままの姿に戻る時、しかも、それを読んで何かを感じるような読者があらわれる時、私は、はじめて自らを呪縛してきた怒りを解くことが可能となる。固くそう信じている。

ウルフの未熟さ、精神的素材と小説技巧をこなし切れない文学者としての力は、取りも直さず、私の目には、ウルフの偉大さの証拠としてしか映らない。作家として不可欠なものに欠けているというウルフは、それだけを見ても、明らかに未来につながる作家なのだ。そして未来につながるとは、最も今日的なものなのである。〝文学に不可欠なもの〟にこだわり、過去につながる作品は、確かにポピュラーだが、それだけに、真実の目には今日的でないのだ。

そういえば、私を、ポピュラーに過ぎ、一念発起しても利口にはなれない人物、と、親切にも評してくれた人物が居る。有難いことだと思っている。この人から言われなくても、私は常に愚かであり続けてきた。両親、親戚、友人、すべてから一応は馬鹿者のレッテルを貼られてきた自分を忘れてしまう程、私の人生は長くはないのだ。その通り、私は愚かであるが故に、今日かくあるのだ。狂えるように神に祈り、狂気の状態で原稿に向い、涙と怒りと笑いと多忙と退屈が乱れ、交錯し、絡み合って今の私を形成しているのだ。アブラハムが利口でなかったことは、私にとって救いである。イザヤやヤコブ、エレミヤ、エリヤ、ダビデ等が愚かであったことは、私にとって唯一の慰めである。ペテロの軽卆さは、私の負担を軽減し、彼《か》の、賢人ソロモンの愚行さえ私にとっては勝利の保証であるのだ。バルザックの無能ぶり、ミラーの道化ぶりは私をこよなく安心させてくれる。お利口な人間は、それに引き代え、また何と気の毒なことだ。彼等の特徴は、今にも偉大にして巨大な何かをしそうな素振りを示しはしても、実際には、殆ど何もしていないということである。お利口さんの取り得は、マヤやインカの閉塞《へいそく》文明のそれのように、見せかけの巨大さ、壮大さである。しかし、ベルナール・ディアス・デル・カスティョの書いた『メキシコ征服記』や、シェサ・デ・レオンによる『インカ帝國年代記』が伝えている通り、一たん政略されると、その弱さは驚く程である。コルテスも、ピサロも、今日では多く居る、七百万の人口と伝統を誇るインカ大帝國はピサロの率いる三百人に決して打ち勝つことは出来ないのだ。それで、お利口さん達は、常に或る種の不安を抱えている。そして、その不安こそ、知的であり、利口であることの証左であるかの如き錯覚に陥ってしまっている。だが、彼等にとって唯一の希望は、ピサロの率いる三百人の部下の居る事実である。三百人は情容赦なく、利口な人間を叩きつぶし打ちのめす。立派な宗教家も、偉大な芸術家も、大そうな事を意味あり気に口にし、無理をして表面をとりつくろっている大芸術家志望（断わっておくが、中流、三流の芸術家ではないのだ）の若者達も、愚か者に打ちのめされて蘇えるチャンスはあるのだ。おおかたのお利口さんが、愚か者の言葉を聴いて「俺は、ああいった程度のことは、十年も昔に言っていたよ」等とうそぶく習性を、あたかも野生化した猫の習性のようにもっているものだ。今知ったことであっても、それを今日のうちに行為の中に還元してしまえることがそれだ。十二世紀頃に、聖書を理解し、関心を抱いた人々よりも、実質的に、今日はじめて聖書を信じて、復活のチャンスにありつけた人間の方が幸せなのである。利口者の致命的欠点は、実行力が伴わないということ、常に、考えが先に立って、行為との間に大きな開きが出来るということである。この間隔は彼にとって、一切について欲求不満に陥る動機となり、不感性の原因となる。誤まった意味において用いられるヒップスターという言葉がこれに当てはまるだろう。もっとも、中にはヒップスター本来の、禅に通じる超絶的、反凡俗的な意味で誤解している向きも多々あろう。愚者は常に、大多数を占める利口者を〝世の馬鹿者〟という無謀さに満たされていて、しかもそういった自分の態度に一寸も恥じない良さがある。彼の生活行為と書くことは、全く一つのレールの上に乗り、それだけに、いうことは偉そうなことではなく、凡俗のそれに近く、行為もまた、かなり徹底している。眼は出来るだけ上の方を仰いでいるにもかかわらず、言葉は、最低限に迄下げられ、行為は最高限に迄上げられる。そうすることによって、アフリカのサヴァンナ以来、我々の苦しみであった高所の言葉と、惨めな程低地に置かれている行為が、一つの点で交われるのである。何だか判らないが、私は心を締めつけてくるものを慕う、といったようなことは、私の領域では決して登録されることはない。そういったものは存在しないものなのである。判ることだけ、書き手に触れ、口の中に押し込み、折り曲げることの出来るものだけが存在するのだ。書くことは、常に、一種の夢から出発し、一つの大きく深い呼吸でもって一章節が了ることになってはいるけれど、その夢は、水筒の中の一リットルの水の実在よりも確かなものなのである。それ故、私は、利口な人々には笑いの種となる文章を、益々、生活と平行させて書き続けていこう。そして、そうした愚者の言葉が、利口者の不感性さえ癒やしてやれる可能性のあることを確く信じ続けていこう。利口者が驚きの余り、しゃれたズボンの中に、しかも格好のいいポーズをつくったまま、思わず脱糞してしまうような文章を書かなければならないと信じている。山々の間で、遠くの岩肌が、眺める者の眼を一粍の距離のところに迄引きつけてしまう、あの吸引力を言葉の中に信じなければならないのだ。

要するに、人間は、互いに理解なんかし合えっこない。「作家の技巧如何によっては、それからまた、彼の文体のむずかしさに反比例して、かなり多数の人々が、その作家の言っていることをたいていの場合は理解するものである」とノーマン・メイラーは言ってくれているが、それを鵜呑みに信じることは大変危険だ。私ははっきりと、人間同士はその窮極において理解し合えないものを残しているものだと悟っている。諦め切っているのだ。それ故に、人間同士は互いに神秘的な存在となる。本人は自らについて、何一つ判らぬことはないのだが、他者の眼にはそうしか映らない。それは、理解し得ず、伝達不可能な最後の一とかけらの主張と感動をそれぞれ抱いているからである。そして、この事実は結果として良いことなのである。神秘的であればこそ信じ合えるのではないか。一切を判り合った同士に、信じることは不要である。「私は自分を信じる」という時、この信じるとは、人間相互の信じ合いと異ったニュアンスを持つことを忘れてはならない。自己は信じる（trust in — 依存する）ものであり、人間相互は、信じる（believe — 信頼する）ものである。

人間は、あらかじめ、自己に依存しなければならない。その後、はじめて他人への信頼が可能となる。もし、自分にも判らないもやもやを、八卦見のじいさんよろしく、書き立てたり、しゃべったりすることは、新興宗教の教祖になるのに適した人間である。そして、皮肉なことには、いい若い者の間に、意外とこうしたじいさんみたいなのが多く居るのである。私は結局、誰からも理解して貰えない自分をじっと凝視《ぎょうし》している。そして、それで良いのだと納得する。私は、生まれてこの方誰一人、その人の望んでいたように理解したためしがないし、また、理解しようとも思わなかった。常に、血液の濃度に従って、細胞のペースに従って私なりのものに歪曲《わいきょく》させ、私の飲み頃のアルコール分に発酵させてから受け入れてきた。理解などというものは、自己のない人間か、自己を一時的に忘れられる小器用な人間の常套《じょうとう》手段なのである。理解されることのない自分があるということの確信は、同時に、自我に対して公的な権威を認めることであり、創造性以外は信じることの出来ない人間に蘇えることの道程なのである。単に人間だけではなく、数字さえも、私の気質の中で適当に消化してから味わってしまう。百年前迄ならいざ知らず、現代において、理解したり、されたりしていると思っている人が居れば、まさしく彼は虚妄《きょもう》の中にいるはずである。私はつんぼの饒舌家である。どれ程耳を澄ましてみても、他人のいうことは一寸も聴こえやしない。唯、もぐもぐと動いている唇から、何らかの意味を判断しなければならない。その判断は占いよりももっと危なっかしいものである。それでも、しないよりは良いと思うので、常に何らかの判断をし続けながら、勝手に何かを納得している。そしてそれに対応する何らかの返答や意見をせっせと述べ続ける。一人芝居なのだ。私の表情に顕われる笑いもまた、厳密にいって外側からの影響は全く受けない。内部が判断した、假想《けそう》の外側に対して反応しているに過ぎない。怒りも悲しみも一切が同様である。すべては自分の内側から発するものなのだ。人間は感情や理論を流す管ではない。内側から、常時熱泉を噴き出している、いわば温泉なのだ。それは、自らを癒し、近づくすべての者を癒す効き目がある。それは、愚者にふさわしい誇りに満ちている。周囲の気温や天候に左右されない独自の熱泉が噴き出ているのだ。これは飲み水には適さない。適さないどころかあらゆる生物の生命を奪ってしまう。しかし、傷付き、病める者には最適の水なのだ。癒しの水である。活生の水である。甦えりの水なのだ。熱泉の噴き出る場所は都会の真中にはない。人跡未踏《じんせきみとう》の山奥だけにある。適当な病院は都会にいくらでもある。この温泉は本当に決意する者でなければ、容易に近づき難い場所にある。致命的な負傷者か、不治の病人のみが這い上がって行く絶壁の彼方に在る。その領域では一切のルールが忘れられ、一切の論理が打ち砕かれ、一切の名誉が其の価値を、二百五十万年の伝統と共に失い、一切の技巧は枯葉のように、一枚一枚体から落ちていく。

ケラワクが評されて、規律、知性、小説に対する感覚といったものがない。彼のリズムはでたらめで、性格の観念はゼロであると言われる時、それはまさしく、私に言われる言葉である。小説に対する感覚などといったものは生まれる前から持ち合わせてはいない私である。人間に対する感覚、生命そのものに対する感覚なら別だ。規則とか知性とかいったものは、人間や生命に対して、間接的にしか接し得ず、自律神経の麻痺した気の毒な患者の唯一の確かな症状なのである。

また、スタインベックが、自分の芸術の為には聖書のような単純な物語り構成の大詰めをいつも使わねばならない極めて自信のない作家、と評される時、私は意地悪く、冷酷な態度でこの批評家のうしろで手を叩く。「それやれ、もっとやれ、ウシッ!

ウシッ!」とさかりのついた犬をけしかける悪童となり切る。私にとって、物語り構成の中に仕組まれる大詰めなどといったものは存在しない。かつては、こうした大詰めのセリフは読者等によって、暗誦されたものだった。詩においても、ハイネやベルレーヌ、白秋、牧水等の作品はそうであった。詩であっても、やはり、大詰めはあったわけだ。だが、我々の作品には大詰めがない。常に拡散し、収縮し、砕け、融合する言葉という分子の群である。従って、読者等によって暗誦されたり出来る筋合いのものではない。洪水の如き文全体が彼等の骨の髄に迄滲透していて、人生の方向を大きく変える役割を担う。単純ないい方をすれば、膣から肛門への引っ越しであり、ウソ発見機の目盛りを眺めることから、陰唇のサイズを計る行為に移行することであり、生け花をする手でペニスを鷲掴みにすることであり、卒業式の講堂で挨拶する口で、クリトリスに吸いつくことであり、祝砲をぶっ放す腕でにわとりをくびり殺すことであり、十字を切る神父の手が、自分のペニスをこすりつけることである。そして、これらの行為の差は殆ど実質的な差はなく、すべて人間の欲求から出発をする。カレーの匂いと、性器の匂いとの間に差がないのと同じである。例え多少の差があるとしても、それは、地上での生活に何の支障も来たすことのない程度のものであることは確かだ。我々は、生命と周波数を合わせている限り、何を書き、何を言い、何を祈っても、何度性交しても、同じ大詰めを繰り返す必要はない。一回一回毎日、全く別な、その直前のものと関係のない大詰めを満喫する。技巧、専門といった言葉は、固定された大詰めの繰り返しをやる哀れな人間の為にのみ用意されたものである。創造的な人間にとっては不要のものである。立派なクリスチャンと呼ばれている人々の、あの、型にはまった祈りようはどうだ。スタインベックの、決まりきった物語りの運び方をメイラーと共に笑いころげる前に、彼等敬虔なるクリスチャン達の繰り返しの祈りに怒りを感じなければいけない。それに引きかえ連作といったものは、〝人質〟なら人質といったものを繰り返し繰り返し描き続けるが、一作毎に、微妙な、しかも厳しい変化を期待しているのだ。私は、『ヴィザージュ』(顔)の連作を一千枚近く、油彩、水彩、彫刻で行ったことがある。それは、決して繰り返しではない。五枚の木炭紙に同時に描きはじめても、五枚は、それぞれ違った星座の下に出発する。我々の意志や、知性(そんなものがまだ私のうちに残っているだろうか)や理性等といったものを超えた辺りで、それぞれの生命のリズムを幽《かす》かに感じ取るのである。私の祈りは、毎回、一千年ぶりに行う祈りに似ていて、前回のものとはいささかも類似点がない。〝主の祈り〟、こんなものを繰り返している教会は、もし、キリストが現に地上にあらわれたなら、これを最も憎むべき教会の的として追い払うだろう。〝主の祈り〟を口ずさんでいるクリスチャンこそ、まさしく人間がいわれなく不安がり恐れていた〝人間〟の患部のむき出しの姿なのだ。我々は、これを大胆に切除しなければならない。

だが実際には〝主の祈り〟が至るところで巾を利かしている今日である。マルキシズムも、民主主義も、一様に〝主の祈り〟なのだ。〝主の祈り〟を口ずさんで良い存在は、唯キリストのみであるように、マルクスだけに、マルキシズムは創造性を許し、冷たく血塗られたギロチンのみに、フランス革命の創造性は納得されるのだ。どれ程、電気機械や、電子光学に精通しようにも、電気応用の機械の発明はエジソンのみに帰せられるべきものである。人間本来の状態への回帰を目指す殉教者のイメージを強くする。これは近代精神の問題に関するばかりでなく、あらゆる人間の時代においてあらわれる現象なのである。武士道の破壊を目指した下級武士の子供達は、狂気のようになって外國文化を採り入れて、やがては文明開化に日本を引きずっていった。そしてそれらの結実として天心の発言、透谷の死、内村鑑三の生き方、マルキシストの河上肇等が出現した。芸術、宗教、政治は、大きく転回しながらも、結局は、一軒の家を引っ越して、なんのことはない、同じように雨もりのする他の家に移っただけである。我々はこの際、本格的な自己のエピタフ彫りに当っては、知性も邪魔な存在であることが判りかけてきている。余りにも頭の中が大きくなりすぎて、行動はまるでままごとになってきているということだ。多く食い、多く考え、多く怒り、多く笑い、多く泣き、多く欲情し、多く語り、多く夢を描いている。しかし、何一つ実現することはない。文士、作家、著述業――これらの職名が発散する悪臭は耐え難いものだ。人間が真実と対決する時、高貴な思索の次元に入っていくものだ。だがそのあとがいけない。実りのない夢想の世界にのめり込んでいく。そこは不毛の凍土《とうど》である。長い長い大熊座の下の冬だ。文学とは、この種の凍土の外的表現にすぎない。かくして一つの結論に達する。文学は、大馬鹿者が好んで喰らいつく低俗な趣味、というものである。

ノアの箱舟

我々は、他の生物、無生物と同様、生きはじめた時から、自らの墓石を刻むことに精を出すよう宿命づけられている生きものである。しかしエピタフはそれぞれ違っている。長さにおいて、言語において、表現において違っている。しかし、それが、その人の存在を証《あかし》するモニュメンタルな内容であることは共通している。多くのエピタフには自分の事が記されていないし、名前もない始末である。自分の事を記すことは恥と心得ているかららしい。それで、武林無想庵のあのイッヒ・ロマン（ドイツ語でいうところの一種の私小説）は、一般の眼には奇異にしか映っていかない。河上徹太郎が彼を指して、大杉栄や辻潤などと並べて、出世主義から脱落していった極く少数の知的エリートであり、近代精神の成熟の中で負った日本の傷跡とみる事も一理ある。だが、それ以上に彼は、自己を刻まぬエピタフ作りの伝統と文明の中で象徴化されるし、多く遊び多く書き、多く眠ることは、人間にとって最も良いことなのだ。それを抜きにして働いたり、考え込んだりしては、熊になるか病人になるしかない。素朴な感受性にとって、知性は不要であるどころかむしろ害となる。考えることを忘れ、発展することを怠る知性もあるということなのだ。

（レコードを裏返さねばならない）

「ぼんがらすを通ってきたのか」

「そうだよ」

「バス、そこで降りたのか」

「ううん、ちがう。通っただけだ」

「ふん、うんじゃ夕日見なかったな、ぼんがらすの?」

「うん、みなかった」

「いいぞ、赤くて大きくて」

「ぼんがらすの向うで見たよ、夕焼だけだったけど。こっちより、寒かったな」

「赤くて大きな夕日見なかったのか、なーんだ。夕日がいいのに」

「赤トンボなんかとってどうするの。そんなの何処にだっているじゃあないか」

「いいじゃあないか」

「あーあー、そんなにひねって……つぶれちゃうじゃないか」

「いいんだよ、……これで、いっぱいいるんだもん」

「赤い尻尾だね。きたないな、はらわた」

「まだ羽がうごいているよ」

「……ほんとだ……」

「こうやって羽をとってしまうと………ほーら、もうごかない」

「ううん、うごいているよ、頭が……目玉も」

「よーし」
「あーあー、駄目じゃあないか、目玉をむしってしまっちゃ」
「いいんだよ、はらわたはきたない色してるけど、尻尾は赤いね」
「うん、ほんとに赤いね」
「もう一匹とろうか」
「いいよ、もう、あんなに沢山いるんじゃつまんないよ」
「そうだな」
「さむくなってきた、とんぼはさむくないかな、まっ赤でさむそうだけど」
「あいつら大丈夫なんだね、霜に当っても、太陽の光に乾けば、また飛べるんだから」
「目玉と尻尾がなくちゃだめだね」
「うん……うん、そうだよ……ぼんがらす、バスで通ったのかい」
「うん、バスでだよ」
「バスとまった」
「うん、とまった」
「あそこは、いいとこなんだよ、とうちゃん一寸酒飲むと暴れるけど」

「梅さんちはいいかい」

「うん、とってもいい、もう、ぼんがらすなんかに帰りたくないな」

「ぼくは、太田に帰りたいよ」

「おじいさん達、やさしくないのかい」

「ううん、そうじゃあないんだ、とってもやさしいさ」

「なら、どうしてさ、いなかいやかい」

「ちがう、いやじゃないよ、……でも夜になると町の電気、もっと明るいね。もっとにぎやかなんだ。音楽もあるよ」

「わかんないな」

「妹たちがいるし、それに……」

「それにどうしたんだい、……ねえ、けんちゃん、おれはけっして、ぼんがらすには帰らないぞ、あんなとこ」

「ぼくはね、……やっぱりどっちも好きさ」

「おれはここがいい」

「そんなに梅さんのとこ好いんだね」

「うん、とっても好いんだ」

「あの井戸で水のむの、まだ」

「あんなところで飲まないよ、きったないもの。ねえちゃん、あそこで死んだんだもの。でも、洗たく水、あそこから汲んでいるよ」

「うわーっ、ずい分多いな、赤とんぼ」

「ようし、……やっ、一度に二匹つかまえたぞ、ほら、けんちゃん、一匹あげよう」

「ありがとう、ぼく、どうしてもみんなみたいにつかまえられないんだ」

「こんどは、目玉をさきにむしってしまおうか」

「だめだ！　もうしちゃいけないよ」

「うん、じゃあどうする？」

「くらべてみようか、どっちが、羽が長いか」

「うん、おもしろいな、ほら、おれの方の羽はこれ位だぞ」

「ぼくのは、ほら、こうだ」

「おれの方がずっと長い。今度は、目玉だ」

「よし、どうだ」

「ちょっとむずかしいな」

「いや、ぼくの方が大きいよ」

「しかたない、けんちゃんの方が勝ちとしておこう。よーしっ、こんどは、尻尾の長さだ、ほら、どうだ」

「さあ、これだ」

「やっぱり、おれの勝ちだな、こんなに長いもん」

「うん……でも、ぼくの方、赤いよ、ずっと」

「うそだい」

「ほんとだ、よく見てよ」

「……うん、少しはね、でも赤くないな。……けんちゃん、ぼんがらすを通った時、赤とんぼいたかい」

「ううん、いなかった。ほこりが、もうもう立っていたもの」

「赤とんぼ、あそこのやつは、本当に赤いよ」

「ぼくのやっぱり赤いね」

「うん」

「これであいこだよ」

「これからどうする………にがしてやろうよ」

「うん、さんせい」

「今日はどうして、夕焼にならないんだろう」

「あしたは、雨が降るんだろう、きっと」

「うん、だって、一番星、あんなにきれいに出ているのに、惜しいな。夕日は大好きだ、俺」

「ぼくもだよ、この間、兵隊に行った人、とてもさびしそうだった」

「どうして」

「分らない、ただ淋しそうな顔して魚を釣っていたっけ。そしてその魚釣ってから逃してしまったよ、その人」

「さあ、けんちゃん、赤とんぼ、逃がしてやろうよ」

「そうしよう。いいかい、一、二、三」

「あの山の上にある星、赤い色していないかい」

「ほんとだ、一番星は白いのに、あれは、赤いね。時々黄色いのもあるよ」

「うん、赤い星、けんちゃんは好きかい」

「いや、大嫌いだ。やっぱり白い星の方がきれいでいいな」


ノアの箱舟の中にノアとその家族が、動物、鳥類を伴って入った時、入口は、彼の背後で、神の手によって閉められた。それは、人間の手によってではなかった。過去は、常に我々の背後で、神の手で閉められる。それを開けることはおろか、方法さえ、我々人間に許されてはいないのだ。四十日四十夜の大雨の後、洪水は地の全面をおって、百五十日間はその状態を保っていた。十一ヶ月十一日目に、ノアは、自らの手で箱舟の窓を開いた。今回は、神の手が力を貸さなかったのである。十一ヶ月二十五日目に地面が姿をあらわした。翌年の元日には、地上はすっかり水が引いていった。大雨が降り始めてから、約一年後のことである。この日、ノアは箱舟のドアを開けた。神は全然手を貸さなかった。未来の扉は、常に人間の手で開けるように神は予定していて、決して手を貸そうとはしない。一瞬毎に、過去の扉は神の手によって閉じられていく。その音は、我々の背後で、絶えることなく響いている。

アルトール・ランボー。この男は、どうした訳か今頃になって、いやにもてはやされている。過去の扉の彼方の声と足音を聴こうと我々は必死になる。妙な話だ。なるほど彼の詩はいい。賢者のそれだ。だがどれ程、そうであっても、私個人としては、ああいったスケールの小さい人間にはなりたくない。彼の作品に夢中になる文学の亡者共には、むしろ、私の方が小さいスケールだと感じるかも知れない。しかし、私の鼓膜には、ああいった人生が、美徳、乃至は励まし、誇りとして共鳴するような能力がないのだ。私は勝利者でありたい。ああいった訳のわからないもの（未知のもの、超論理というものではなく、少女の抱くあれと同じく、まことに小便臭いものである）をなめまわす程、女性がかってはいないし、もし、そうした女らしさが文学の真髄なら、私には文学と接触する可能性は殆どありはしない。私は、もう少し埃くさい人間であるし、精液の濃度の高い存在なのだ。彼のさまよった未知の領域は、私にとっても、入植希望をしている開拓地である。しかし、それに併わせて、私は、常にそれだけではすまされない、より以上の何かがある。それこそ、私の体臭ともなっているあくどさであり、馬鹿さ加減であり、ぶざまさであって、私は、常に孤独になる。ランボーの、何とまた、社交的で、小器用な少年であったことよ。あの程度の人間なら、私の最も軽蔑すべき親戚の中に山ほどいる。私と相前後した従兄弟たちは、一様に利口であり、賢こかった。私が彼等の間で、どれ程間抜けに見えたことか。大人のような口を利くし、一寸したことはいとも簡単に飲み込むし、早熟だし、いやはや、天才達ばかりであった。私には、彼等につきものの、大人に対する処世術も、利口さの証明ともなる悩みや不平もさっぱりなかった。私が小学校一年で恋したあの一ヵ月かそこらは、眠れる頭脳と肉体の中で起こった一つの奇蹟であって、私らしくもないことであった。私は、今日以上に、幼い日は孤独だった。七才、八才の頃のランボーの早熟さ、あれは、まさに、あくたもくたいる能無しの我が従兄弟達のイメージだ。彼等は十代前の賢こさから、十代に入って有能な若者となり、二十代に入って、落着きはじめ、三十代では完全に世の中の立派な、それでいて、居ても居なくても良い一員となり下がっている。私は、彼等と比べて、また何と愚鈍《ぐどん》であり、孤独であったろう。しかし、本格的な人生こそ、私のような生き方にあることを堅く信じて疑わない。十代前はカオス、十代は愚かさと野望に満ち、二十代は、十代より前にやや近づき、三十代で小器用な連中の十代後半、乃至は二十代のレベルに達し、三十代で、ようよう子宮の入口からの明りに目ざめ、羊水をうるさく思うようになる。四十代で恐らく、自己開眼するだろう。五十代で活躍の端緒《たんちょ》が開かれ、六十代で本格的に産声《うぶごえ》をあげる。七十代で恋愛するかもしれない。八十で人生を考える余裕が多少出てくる。九十才になってはじめて、子宮の中で味わっていた、あの羊水の匂いを忘れはじめるのだ。ランボーの幼い日を読んで、私は、あくたもくたいる私の従兄弟達を念《おも》わないわけにはいかない。彼等と同様に、ランボーは世の中で働けた。何とかかんとか言いながら働けた。私は恐らく、開拓農夫になる以外には、何をすることも不可能だろう。私の幼時は絶望の日々であり、悪質な犯罪の日々であり、世の終りを想わせるほどの孤独な日々であった。最も平凡な家庭の中で、そうであったのだ。星のつきというものがあるとするなら、私の場合、特にそれが甚だしい。とにかく、小器用で早熟な奴は、私の性に合わない。小器用さと早熟は、私にとって〝下劣〟の代名詞でしかないのだ。私は、ようよう今頃になって、目覚めつつある。人生の半ばを越した辺りで、やっと目覚めはじめた。私は今、一つの壮挙に就こうとしている。これまで書いたものは、私の過去と共に葬り去ろう。米國文学史に関する三千枚も、百枚、二百枚、七百枚の小説もすべて忘れるのだ。私は公衆風呂の中で、一つのとてつもない壮挙を、身ぶるいと共に思いついたのだ。聖書は、神が自らを啓示した書物である。六十六巻から成っている。私は、人間の手に成る、人間を啓示する書物を書きたくなった。例えば、人類が地上で絶滅し、再び何億年かたってアメーバーが発生し、更に何億年か後には水中の生物となり、やがて、人間に近い、いや、それ以上に、つまらぬ論理をこねくる生物が地上に出現した時、私の書いた書物を開けば、彼等と、全く関係もない人間の特質について分かるという可能性を私は信じたい。この書物には社会性も、時代性も全く語られない。従って、巧妙な描写等といったものはないのだ。生活の生き生きとした描写も含まれてはいない。従って、人間を模倣する生物にとっては不要の本である。人間を知ろうとする生物にのみ有効な働きをする。この書物は精神の彫刻であり、孤独な人間（これこそ、真実の人間の姿なのであるが）のかげりを写したネガである。私は、この書物の企ての中で、小説やエッセイを書かないつもりである。つまり、トーマス・ウルフの作品を、再編成してから世に出した、スクリヴナー社のパーキンス的網膜には、どうがんばっても、満足し難い作品を書くことになる。余りにも綜合的である故に、文学とはみなされないだろう。そして、真実、文学を超えた、それ以上の巨大な何かなのだ。人間を甦えらす何かである。人類絶滅後の生物に就いて言及したからといって、現在を忘れているわけではない。現在においては、人間にとって、活性の水となる。聖書は、六十六巻であるから、私も、六十六巻書くことになろう。人間啓示の為に六十六冊の作品が生まれる。例えば、ヨハネ伝一つとってみても、人間のヨハネ伝は、六、七百頁の原稿になり、或いは千枚を超えるかも知れないのだ。ヨハネ伝に相当する人間の書では、人間の一種の観念として描かれる。逆に、人間精神の方が具体的な何かなのである。一年に一巻ずつでは、今後、六十六年かかることになり、到底、それまで生きる望みはない。一年に二巻ずつなら、三十二年、七十才近くで完了することになる。勿論、その間にも、他の事をあれこれと書くようになろう。しかしこれは壮挙である。今迄、私の弱点は、人間を一つの具体的存在として扱ってきたことにある。人間が、一つの抽象乃至は観念と化してしまう迄、私は、本物が書けなかったのだ。精神――これこそ、私にとって、人間の骨であり肉であり、欲情であり行為そのものなのだ。私は乞食のように健康な精神を切望することを、もう一度ここで告白しなければならない。

エリュアールの表現を借りれば、人間を見るとは、人間を理解することであり、人間を判断することであり、人間をデフォルメすることであり、人間を忘れ、人間を顕わし、人間に顕わされることであるということが出来よう。人間は、そのありのままの姿では、ミラーの表現を借りれば、偉大な予言者の直系の子孫であり、神話や寓話《ぐうわ》や伝説の織りなす世界を一身に具現しているのであり、骨の髄まで、この世的であるのに、同時にまた、この世の次元を超えたところに生きる存在でもある。そして、アナイス・ニンの言葉を借りれば、人間は、他人の人生を生きることも出来る。しかし、自分自身の人生を生きる者となる時、はじめて、彼は、他人の生活を見たり聴いたり、感受したり、より深く理解し、他人の生活に滲透していくことが可能なのである。印度の哲学者の表現を借りれば、自らを自分自身の中に見ることの出来るものにならねばならず、自分の考えることは、すべて、自分にとって成立させることの可能なものなのである。人間の良さはここにある。そしてまた、苦しみもここにあるのだ。コリン・ウイルソンが「殺人の九十九パーセントは、あらかじめ、計画が立てられていたものではなかった」というなら、私は、人間の生活の一切は、百パーセント、あらかじめ、計画が立てられているものではないといいたい。すべては、酔いどれがふらふらとよろめいて、泥水の中にひっくり返える程度の突発的な事柄なのである。それには、論理も、心理学も不要である。唯、その状態を真正面から凝視しなければならないだけである。

嬉しいではないか。今、自転車をふっとばして、台風の去った雨上りの田んぼ道を急いでいる。学校の方に家内から電話があったのだ。ミラーから大きな小包が着いたそうだ。レコードみたいだとも言っていた。私は泥水をはね上げながら友人の家へ急いでいる。六十六巻の人間の書を書く希望と、今、学校で教えてきた物理の中のダイナミズムの方程式の一つや、英語の関係代名詞の主格的な用法等がごっちゃになって私の涙腺《るいせん》をくすぐる。自然に涙がこぼれて仕方がない。実に嬉しいのだ。すべては、結構な事だ。

私の企てている六十六巻の人間の書もそうだが、物が生まれるとは、一体、何なのだろう。無限の因子の融合する状態からであると、或る人は言う。そして、どのような因子が、別のどのような因子と結合したかは誰にも判りはしないのだ。因子同士もまた、それを意識することはないだろう。決してないのだ。それは確かに存在したことなのだが、自他共に意識することのない不思議なもの。こうして、生まれてきている以上、確かに因子は実在したのだ。因子同士は、愛と憎しみと、強制された悲しみの囁きを交わしたことが確実である。しかし、どうして、因子の姿を、我々は見たり確認したり出来ないのだろう。それらは、背後の神の手によって閉ざされるドアの彼方に消えていく。時間と共に消滅していくのだ。いつ迄も残るのは、現在の我々にとって、意味と関わりのあるものだけである。しかし、意味を失い、消えていった因子も、また現在に迄残されたものも、一つの綜合、全体として明らかに存在する。この全体を見る眼や、聴く耳は、誰にも与えられている。そして、更に或る人は言う。ものが生まれることは、同時に、死ぬことでもあると。何かが、未知の領域から、我々の感覚の届く範囲に姿を顕わしてくることは、同時にまた、死の中に、何かが姿を消すことと大差がないともいう。うれしいことに、こうした事を主張しているのは、宗教や、神秘哲学の機関誌の中ではない。全く、ドライであり、理づめであり、物理的である建設雑誌の巻頭言《かんとうげん》の中であるということだ。人間は、常に、何かになろうとして、そのチャンスを窺っている。それは、万物が、とっている態度と同じなのである。何かになりたいということが、単細胞一つ一つの切実な願いなのだ。そしてそれは、巨大な一つの観念や、一つの蜃気楼となる。それは、絶えず崩れ、絶えず生じている。

個々の単細胞は極度に疲労する。癒し難い疲労である。時間を無視された者の疲労は気を失う程の絶望感に打ちひしがれつつ死滅していく。死滅していくことは、同時に、またしても、同じ運命を担った新しい細胞の誕生でもあるのだ。この繰り返しは止むことなく続けられる。それで、人間は意味のない焦りに溺れて、今日から明日に飛び込んでいく。しかし明日は、永遠にやってこないのだ。ものを生み出す為に結合する因子と因子は、極度に謙虚にならざるを得ない。D・リースマンのいう「孤独なる群衆」は、まさしく、他でもない、このような、生まれいずるものの要因となった結合せる因子を指して言う以外に、適切な方法を見出さない。ミネソタ大学の千九百六十五年～六十六年度の出版カタログは一体どういう因子の結合から生じたのだろう。

Chekhov, Anton　The Cherry Orchard
CooPer, Russell　The Two End of The Log
Torrance, E.Paul　Talent and Education

もう、これ以上、著者名と題名を並べ立てることは止めにしよう。

細胞の誕生は生命の発生と直結している。生化学や生物理学は今や分子生物学、量子生物学のレベルにたどりついて、生命現象の秘密を解き明かそうとしている。ワットスンもクリックもポーリングもモノーも、この研究分野の戸口に立ったにすぎない。

だがここで一つのことをはっきりさせておかなくてはならない。どれほど生物化学や生物理学が発展の一途をたどっていこうとも、そのことによって生命現象の全貌を説明することは出来ない。生命現象の一面に発達した器官にすぎない人間的思維《しい》の行為は、生気論には全く加担することなしに、分析的科学の手法の域から出ることのない前述の研究によって全貌が把握されることはない。そこには、自ずと、綜合的、哲学的直感による仮説に立って大胆に為されるアプローチがなくてはならない。分化した先細りの専門分野の役割は、先に進めば進むほど、進歩発展という名の退化現象を起こしていく。私の心の中に幼き日の灰色の光景が鮮烈に展開する。私の発想と着想と主張と感動のすべてはここから発している。人間は自分の生まれた時の克明に過ぎるほどの状況（または運命）を、終生、あらゆる場所と状況における個々の生き方の中で発現しつづけ、そして了るものである。この点に関する限り、人間は決して自己の運命を裏切ることがないのである。

アルキメデスが凝視するもの

我々は、常に、アルキメデスに凝視《ぎょうし》されている水中の物体なのだ。自分の体が押しのける水の重さだけは、決して体重として意識することがない。しかし、自己を知るとは、それをも含めたWを知ることにある。水中での重量Wではないのだ。比重が問題ではない。比重は世のモラルであり、価値判断の基準であるが、我々は創造的になる時、これを無視しなければならない。我々は、常に空気中の重量、Wを気にしている。私は今、自分のWを看る。それらは具体的な名称をもって挙げることが出来る。

不安、安心、劣等感、優越感、所有欲、思索欲、怠堕《たいだ》、勤勉、食欲、性欲、音楽鑑賞、眠り、笑い、涙、激怒、痛み、快楽、精神、肉、性器、骨、精液、陰唇、汗、かゆみ、靴ずれ、神、真実、かけひき、石ころ、殺虫剤、養命酒、ピアノの調律音、砂の混入されたジンク・ホワイトのマチエラー、ミラーの絵画の複製、ユダヤ教の正月、山津波、温泉、谷川、新限界誌、日記帳、午前七時三十七分、四本の注射針、三角定規、置時計の歯車六二、腕時計の文字盤、茶の湯の現代的精神、ヴィザージュの連作、或る絵描きの「この絵は失敗作だ」という声、S・Wチーフスペッシャルという名のリヴォルバー、ギター、マヂックインク、パイロットインク、祭時《まつるべ》という山合いにある開拓地、町人文化史という題名の書物、癌、ミラーの原稿（実物五枚）、東京オリンピック、屁、妊娠六ヶ月の女（ただし、今度はじめて子を生む）、サルトルの「聖ジュネ」、お世辞、風俗小説、松の木、以下省略。

結局、私という人間が、比重を忘れて自己のWを凝視する時、それは恐らく、アルキメデスの心を害することになろうが、自己と、物質の区別が困難となり、自己と時間との区別もぼんやりとしてくる。

「ぼんがらすに行きたいんだろう」

「ううん、行きたくなんかないよ」

私の問に、少年は激しく首を振る。つづけて、「あんなところ、……ここの方がずっと好いや」

「この間、雷魚つかまえたのは誰だっけ」

「大水の時？」

「うん」

「忘れた……でも大きかったな」

「あれを掴んだ人、手を切って血が流れていたね」

「うん、痛いんだって、あれにやられると」

「どこで刺すの、それとも食いつくの」

「体にとげがあるんだって言ってたよ」

「はこもりのじいさんは、すっぽんをとってきたね。あ奴は、人間の指噛み切ってしまうんだって」

「ううん、こわいね、でもはこもりのじいさん、もう死んじゃったもん」

「すっぽんは、どこでとってきたか知っている?」

「知らないよ」

「……きっと、あっちの山だよ」

「どうして山なの。川じゃないのかな」

「ほら、大杉山の裏の方にある沢がにのとれるところ、あの辺りじゃないかな」

「あそこの水は冷たいね、ちっちゃいかにだ、あそこのは。西川のかには大きくて、毛が生えている」

「赤がえるもいるよ、あの沢に。粘土もいいのがあるね」

「赤がえるとったことあるの」

「うん、ある。そして焼いてたべちゃった」

「ほんと?」

「ほんとさ、うまかったよ」

「肉、どんな色していた」

「まっ白さ」

「どんな味?」

「魚と同じだな」


朝鮮風のおひたし、ナムルには、韮《にら》とにんにくとごま油、しょうがの味、唐辛子を欠かすことは出来ない。これが入っていないとナムルではないのだ。外國から取り寄せる本に、あの独特な匂いが染みついていないと、どうしても、勝手が違ってくる。そういう意味で。味覚とも嗅覚ともつかない、一種の感覚が特別鋭くなっている私の鼻には、注文して作らせたスポーツ・シャツが、日本人の男の匂いで困った。一度洗濯屋に出す迄は、他人の着古したのを着ているようであった。あの匂いは、とりも直さず、私自身の体臭に最も近いものである。それだけに、耐えられないのだ。それぞれの人間の体臭がもっとも強烈に染みついているものは、学帽、靴、辞書、聖書、財布等である。男は、あの悪臭によって欲情し、女に挑んでいくが、女は、それに呼応して股を開く。特に、性をひたかくしにかくし、そんな事は私にとって何の意味もないといったような素振りをする女は、極度に虚栄心の強い性格を具えているが、普通、虚栄心は性欲と比例する。男など近づけないようにしているが、性器は、一寸したことにもぬれるたちなのだ。余りにも虚栄を張る余り、男に媚態を示したり、男の手出しを許さぬ代りに、自慰のベテランが多い。人目のつかない部屋では、股を広げて、器物さえ奥深く押し込んでいるのだ。小便をもらしながら、偽りの絶頂感に体をくねらせている。こんな女は（そういったタイプの男も同様であるが）公衆の面前か、或る特定の異性の面前でも器物を差し込んで夢中になれる勇気が生まれる迄、決して安息することは出来ない。医者にも病名の分らぬ病から癒されることはないのである。体、全体と、心のすべてが、何かで悩み、本調子が出しきれないのだ。私自身の中に、そういった女の哀れな要素が見られるということは何とも残念な事である。この悲しみ、哀れは、まさしく人生の倦怠《けんたい》に違いない。これに打ち勝つためには、内部の集中力を強化することであると、C・ウイルソンは言うが、その内的集中力とは、ベルジャーエフの言う、主体化に他ならず、ミラーの言う自己解放によって窺い知らねばならない。徹底した主体化は、一種の患者を生み出す。世の笑いものであり、一寸した屁の匂いに似た小器用さ、早熟さ、頭のめぐりの良さから見れば幼稚に映るだろうし、愚かにしか見えはしない。しかし、そうした、幼稚、愚かになることこそ、真実の賢こさに至る道なのだ。狂気のような主体化、気の遠くなるような主観的物の見方、これこそ、我々を創造的にし、生けるものとしてくれる。犬がワンワンと吠えると判断するのも、日本人の耳にこびりついたアイウエオの音感と、聴覚基準からきているからであり、それぞれ異った言語を持つ民族には、バオバオと聴え、ウッフウッフとも聴こえてくるのである。つまり、擬音化といっても、それはすべて、その人の制限された音感によって歪曲《わいきょく》された表現であり、決して客観的にはなれない。世の中に客観的に、純粋な意味で客観的に、観たり判断出来るものは一つもありはしないのだ。すべては、何らかの形で主観的にならざるを得ない。そして、それで良いのである。客観的客観的と我々は、実在しない影を追い求めて、長い間あちこちをさ迷った。しかし、今こそ本筋に戻るべきである。

「けんちゃん、冬休みには町に行くの」

「うん、もちろんさ」

「俺は、決してぼんがらすには行かないぞ」

「どうして」

「どうしてもさ、きらいだもん」

どう綴るのか知らない。「ぼんがらす」これが梅さんの家の養子が生まれ育った村の名だそうである。内気で、無口な梅さんの家は、宿場外れの街道筋にあって、三方は水に囲まれている。

私は今、一つの大きな角封筒を外國の友から受け取った。中に入っているものが折れないようにはさみこんでいたボール紙には、マヂックインキで縁取りがしてあり、ポスターカラーで赤く装った文字が書かれてあった。

The Plight of Creative

Artist in the United States

今日は、二番目の息子の運動会である。

ああ、ボケナスの午後！

ああ、なんという充実した、ボケナスの午後！　私は、まだ、眼の焦点が、眼前の対象物にきちんと合わせられずにいる。脳の中がクラクラしているのだ。

　午前中は、物理の授業を二時間、社会を一時間教えた。

　物理は球面鏡の問題で、凹面鏡がつくる実像の大きさと、その実像を結ぶ位置の図解測定、それにもう一学級は、力の合成と分解の計算だった。社会は、戦後二大陣営の対立とその経過について。マーシャル・プランとベルリン封鎖、北大西洋条約機構《ナトー》と東欧経済相互援助会議《コメコン》、相互安全保障機構《MSA》と中ソ友好同盟相互援助条約及びワルシャワ条約機構、平和五原則とフルシチョフの微笑外交、及び部分的核実験停止条約。

　私はその間中、ずーっと、万葉の女性に手紙を書いていた。手紙といっても、それは、万葉集にことよせた、美しい相聞《したしみうた》の謳歌。この女性は、私以上に深い魂の吐息をもっている。

「この人生とは、相聞《したしみうた》と挽歌《かなしみうた》によってくりひろげられるドラマですわ！　先生！　神様！　あたしの神様！」

　彼女は、私にとっても女神にちがいない。奈良県薬師寺の、今は片方しか遺されていないが、東西両塔のてっぺんに舞っている天女なのだ。彼女は、何度か、夢の中で自分自身の葬いを済まして、入棺を済まし、そのずっしりと重い自分の棺を担うことによって、この地上の汚れたタブーを、すっかり払い落してしまった女。彼女が、この上なく自由な心を抱いているのはそのためである。彼女の言葉は赤々と炎を噴き上げている。気の弱い男は怖じけづいて近寄れない程の激しさで燃えさかる。私は、そういう女に可憐なものを感じ、強い恋心で胸がしめつけられる。私は、この女の神になりきることによって、ますます高揚され、私らしくなっていけることにはっきりと自信を得た。

私は授業中、教えながら、一心不乱にペンを運んだ。さしずめ、四百字づめ原稿用紙に換算したら、二十枚分位を書きなぐった。

それればかりか、休み時間には、若い教師が私の隣りに座っていて、ずっとドイツ語の文法の質問をつづけ、私は、それに答えつづけであった。

帰宅してみると、北の方の青年から、ずーっとここ四年ばかり一日も欠かさずに書き綴っている大学ノートへの日記の分冊（便箋）が届いていた。

出版社からは、数通の手紙が届く。

まるで怒り狂ったように燃え立っている北海道の青年。十五枚の便箋にぎっしりと炎の文字をしたためてよこした。私の著書によってめざめた人間の一人なのだ！

「～先生。本当にうれしかった。また涙出ちゃったよ。先生は、やっぱり先生だよ！」

十五枚目の便箋に書かれてある言葉の中の一節。

別の一通は、十九才の少女からのもの。

「あたし二十になるのいやよ！　絶対いや！　だから、誕生日は五十二年の五月にしてんの～」

そういう彼女は、五十年生まれである。彼女は文の中で、夢みるようにつぶやく。

誰がこんなめんどうな日に

へりくつをつけたのかしら

心から憎む

〝父親に感謝をしよう〟

つくられた者がつくった者への

裁きの感謝かしら

子供は単なる結果であるのに

父親の愛なんて否定的なdoである

彼女は幼い日、父親に捨てられている。父親と離婚した彼女の母は、ずーっと教師をしながら、彼女と彼女の妹を育ててきた。

「あたし母も嫌い！　男友達との交際、あけすけなんですもの。電話なんかでね〝おお寒む、電話じゃ貴方をあたためて上げられなくて残念ね〟ですって、失礼しちゃうわ」

雨のそぼ降る一夜、山の上の雑木林の中の小さな小さな家の中で、私に抱かれていた彼女は、つぶやくように言ったものだ。

彼女の手紙は続く――

うっすらと淡い脂肪に包まれた
からだの持主を、
（第二人称あなたということばはどこか抵抗を感じる）
好きになりそうです
好きになる出発点は
尊敬からくるようであるけれど
今は、六月の空と同様

何か、ことばのないソフトな感情の中に没している。
一人の男と一人の女
後の光景は不必要である
門外でのできごと
戸口に鍵をかけた瞬間
それら付属品を否定する。

彼女の、ほの白い宵闇の中の人影のような言葉と、淡い表現が、ゆったりとしたリズムで、あとからあとからとつづいて出る。
最後に、息を呑み、一段と秘めやかな口調となって

一週間内に行きます。
歓迎して下されば幸いです
ヒゲのお友達と
堤防をぶらぶらしたい

実現出来ますかしら
現在地点　保護色に包まれた
時間帯でのモノローグ

もう一通は、三重の美しい海岸の十七才の少年から。
彼は、手紙の終わりに、どの読者とも同じく、まるで申し合わせてでもいるかのように

先生、もっと先生のことばを下さい。このぼくに。
そして角度を与えて下さい！

ようし、心配しないで……。私は君に、生命のことば、君の平行線をたどっている魂と脳に、交わりを与える角度をあげよう！　それにしても、もう少し待っていてくれたまえ。今、私の頭の中は、グワングワンと、轟音がとどろいている。これは、少し休憩しろという非常事態の信号なのだ。もう少し待っていてくれ。そうしたら、君が、ピンシャンとして立ち上がれるような手紙を書こう！

もう一通は、東京の大学生。元全共闘の闘士。今は私の著作によって、内面の世界に沈潜し、大きく飛躍しようとしている青年である。彼は、この間『猿の惑星』のカット・シーンを同封してきた。猿の裁判官達が整然と並んで裁判をしている醜い状景である。現代文明の醜さよ！　そして、いつだったかは、ロック・アウトされている大学構内に出入りするために必要な通行証を同封してきた。今回は、大きな漫画のカットである。巨大な人物が双手《もろて》をあげて明るい空を仰ぎ、そのあとから民衆が何か大きな希望に満されて、巨人の背後に群がっている光景である。その巨人とは、ほかでもないこの私のことである。彼がそういった意味でこれを同封してよこしたのだろうが、この光景は、既に何度も何度も私は、夢の中で見ているのだ。彼は文末に書いている――。

そしてもうすぐ確実にやってくる復活の時。
愛の息吹きはかすかながら躍動しはじめている。
霧の深い夜。遠くの空は紅く映えている。
それはあまりに象徴的な夜だ。

この青年もまた、私を予言者として、救世の巨人として、信じ切ってくれている。人間誰もが自己の内奥の言葉を信じる限り、れっきとした予言者ではないのか？　予言者でなくて一生を了ることの方がどうかしているのである。勿論、その通り、私の出現は、彼の表現によれば「混沌とした価値観。どの価値が一番人間性を含んでいるか？　どの価値が一番繁栄をもたらしているか？　等にかかわっている限り、人間は自分の首を締め続けるだろう。愛の疎外。社会という幻の悪魔に生血を吸われ、かさかさに干上ってしまった人間」にとって是非とも必要なものなのだ。

魚の呼吸

どう綴るのか知らない。「ぼんがらす」これが梅さんの家の養子が生まれ育った村の名だそうである。内気で、無口な梅さんの家は、宿場外れの街道筋にあって、三方は水田に囲まれている。春先の長雨や、秋の台風の季節には、いつも水田は水で溢れ、雷魚を抱えて走る若者が居る。たいてい、雷魚のひれか尻尾に刺されたのか、腕や手首から血を流している。小川から溢れた水は、二十糎程の稲の苗をなびかせながら、下の方に流れている。丁度、女の髪の毛のように、すんなりと澄み切った水の中にゆらぐ。決して濁流ではない。あぜを失った水田は、大きな一枚の鏡のように、実にきれいだ。梅さんの顔色はいつも悪い。シャキシャキと音を立てながら、竹を割り、大小様々のかごを編んでいくのが彼の商買であるが、近所の人がこの男の造ったかごを使っているのを見たことがない。「あ奴のかごは、すぐに形が崩れるし、余り長持ちがしない」というものだ。それでも仕事は、驚くほど早くて、いつ行ってみても、止むことなくかごを造っている。山程に積まれたかごは、たいてい、ぼんがらすの方に売られていくのだそうだ。竹を割り、青々とした皮を残して、白い肉の方を削り取っていく動作は、魚屋が手際良く魚を三枚におろしていく様を連想させる。白い肉の方は、いろりでパリパリジューと燃やされて、鉄瓶の中で直ぐに湯が沸く。生竹のせいか、ジュージューとあぶくを立てて出てくる樹液が独特の青臭い匂いを辺りに漂わせる。それで、鉄瓶は、驚くほど、つやが良くなっている。梅さんの妻がつるべ井戸でごしごしと鉄瓶を洗っている時、たしかに聞こえたのは、生竹のくすぶる音だった。彼の妻は、梅さんと違って、大柄なぶくぶく太った女である。愛想が良く、不器量のわりに、若い頃はあっちこっちの男達に誘われたという老人達の話もうなずける。彼の分迄も明るい。二人の間には娘が一人居る。母親を、すっかりそのまま若くした姿格好の娘で、甲高い声で小刻みに笑うのが特徴である。もともとこの夫婦には、娘が二人居た。今、話した方は二女で、長女の方は、目もさめる程、色白のすんなりした美しい娘だった。頭も良く、宿場の小学校を了える時には、先生から是非上の学校にやるようにとすすめられたが、かご造りに余念のない梅さんは、先生の方に一度も顔を向けなかった。彼女は、それから、この辺りの貧しい家の娘がそうするように、上京した。二度ばかり汽車を乗りかえれば三時間足らずで東京につく。その後のことは誰も知らない。何でも大家《たいけ》の女中として働いていたそうだ。あくまで噂にすぎない。一年たって、彼女は見違える程美しくなって帰ってきた。宿場の年頃の若い衆達は、傾きかかった小さな梅さんの家のまわりを、わけもなくうろうろしたものだ。中でも麹屋の息子は大変な熱の入れ様だった。しかし、彼女の方は冷ややかで、その冷たさが、一層、美しさを増していた。三日して、彼女は再び東京に行った。三日間、誰一人として、彼女の甲高い声で笑うのを聞かなかった。妹と同じように、笑い声だけは、母親ゆずりであった。麹屋の息子はその夏、ぐれ出した。二、三人の若衆も同様に暴れまわった。朝の九時、宿場の家が二軒ばかり焼けたが、これも、片想いの若い衆の腹いせ仕業だったとか。傾きかかった梅さんの家では、相変わらず、竹の白い肉がジユージユーくすぶって、臭気を発散させていた。

それから二ヵ月ほどして、或る台風の夜、ぶつ切りの鯉の肉が、あふれるほどに、白くもり上がって煮えたぎる味噌汁の中を泳いでいた夜、勤め先の下男に付き添われて彼女は戻ってきた。気が狂っていたのだ。全身ずぶぬれの姿で軒先に立った娘を見て泣いたのは、太った母親と妹だけであって、梅さんの方は、無表情に生竹をいろりにくべていた。美しい着物を振り乱して、彼女は、毎日近くの林をさまよった。笑ったり、歌ったり。ますます顔は美しくなっていった。あれ程、手に負えなかった若衆達の表情は、病み上がりの仔犬のように、白け切ったものとなっていった。高笑いしながら宿場の坂道を行く狂女の後ろ姿を見て、皆、それぞれ自らの不幸をもう一度、深く噛みしめた。その年も深まり、やがて、雪の少ない正月を迎えた。正月の三日目、彼女は小さな、自分の家の前のつるべ井戸の中に入って死んだ。その朝は特別寒く、街道には、キラキラと太陽に照り映える霜の結晶が美しかった。びちゃびちゃとしたたる水の雫《しずく》の中で、はでな模様の裾を長々と引きずりながら、彼女は引き上げられた。台風の夜もそうだったが、今度も、同じ男が、主人から預かってきたものだという、かなりまとまった金を置いていった。

十日に一度はぼんがらすの方に行く梅さんは、或る日、一人の淋しそうな表情をした男の子を連れて戻った。秋晴れの、肌寒い日だった。赤トンボが、空を暗くする程水田の上を飛び交っていた。はじめは、梅さんのかご造りを、傍でじーっと見ていて一言も口を利かない子供だった。宿場の学校にあがっても、殆ど友達をつくることはなかった。私よりは二つ年下であった。そういったこの少年の印象は、どうみても梅さんそっくりで、二人は肉と血を分け合わなかったということを除いては、天の定めてくれた正真の親子であった。肉と血を分けることを親子であることの重要な条件と思い込んでいる迷信は、やがて取り除かれるべきであろう。そんな条件と関係なく、もっと決定的なつながりに注目すべきなのだ。生物学的な人間関係ではなくて、人間らしく、人間にふさわしく、創造的な意味におけるこうした関係を重んじなくてはならない。創造とは、一切の過去のない事、少くとも、あったとしても、そうした過去を一切無視するところから始められることを第一の特徴としている。肉と血は、いわば、一種の宿命なのだ。誰が、私は生まれる前から、この両親の下に生まれたかったと確認出来ようか。これは、人間を戸惑わせ怒らせる、何とも手のつけられない、運命の皮肉ないたずらである。今後、肉によってお前達の事を知るまいと言ったのは、キリストの弟子の中の一人であった。肉と血で人間を知ろうとする以上、パール・バックの小説は現実に甦えり、スタインベックや、フォークナーの小説も現実のものとなってくる。しかし、我々は、肉や血によって縛られる以上に巨大なのだ。一個の人間は、正しく、しかも本来あるべき状態に置かれるならば、肉と血の束縛の中で、絶えず悲劇を繰り返さなければならない。創造的な人間とは、先ず、一切の行きがかりを白紙に戻すことによって、物事を正しく行うことが出来る。親も、親戚も、國籍も、人種も故郷も、何もかも忘れるところに立つのだ。神のピストルは二千年前から、高々と挙げられている。用意！　という合図とドンの間に、早くも二千年が過ぎ去っている。しかし、未だ、ドンを聴く勇気が我々にはない。少くとも、神の眼には、ピストルを鳴らす段階に至っていないと映っているのである。創造とは、新しいもの、全く新しいもの、過去と離別した、異種新種を繰り返すことを意味する。従来のものを、より良いものに改良し、発展させていくことは、これを、創造の業とは呼ばず進歩と呼んでいる。社会に、模範人としておさまっていられるインテリ様達は、決して、創造の業をしていやしない。同じようなハンチングをかぶり、ゴルフをやって楽しめる、ああいった芸術家達を、創造的な人間として認めることはとても出来ない相談であるし、団体を組織して、その幹部におさまっている宗教家なども、その誠実さはとても認め難い。サラリーマンが、八時間ずつ二十五日前後働き、一家を支える給料を貰っているが、彼等は、決してその給料分だけの働きをしているわけではない。商人ならいざしらず、芸術家ならいざ知らず、宗教家ならいざ知らず、月給取りは、その巨大で伝統的な仕組みの中で、単なるお恵みに与《あずか》っているだけにすぎない。その証拠に、彼等を無人島におっぽり出してみろ。一ヵ月も生きていけない事は確かである。

だからといって、サラリーマンを止めろと言っているのではない。その立場にあって、自分のしていることを、正しく評価しながら、一日一日を生きた方が幸せだというのである。無人島では、一ヵ月も生きていけないことを自覚した上で、自家用車のハンドルを握れと言いたいのだ。伝統から切り離されれば、一週間も生きていけない我が身の事実を、給与袋を手にする時に胆に据えてしっかりと反省しろといいたいのである。商人がそうでないということは、彼等が、サラリーマンにまさっているからではない。動物の本能に最も近い、奸計を巧みにあやつって利益を貪《むさぼ》るからである。宗教家や芸術家がそうでないとか、彼等がサラリーマンにまさっているとは、お世辞にもいえない。彼等は、一般社会よりも一層うんざりするような、古い古い伝統、しかも、彼等の信じる神の意志とは全く無関係な伝統に拠った組織と教義、礼典の中でしか生きてはいけない寄生虫なのである。そう考える時、さしも立派なキリスト教の愛も、ヒューマニズムも、佛教の哲学も、マホメット教徒達の熱意も、こっけいに見えてきて仕方がない。しかし、本格的な宗教人は、極く稀に、宗教組織やグループの外に見受けられる。この点については、私は、明らかにラマクリシュナの弟子であり、ヘンリー・ミラーの弟子なのだ。創造的な人間は、決して、一定の信條や、グループの中に身を置いていることが出来ず、それに満足することもできない。生きていて、創造生活を続けているから、絶えず脱皮し、絶えず変身し、絶えず甦える。明日になれば、今日の一切を忘れて、明日の朝、生まれたばかりの人間として、身軽に、自由に行動する。

梅さんの息子は、生まれはぼんがらすだったが、まさしく、正真正銘、梅さんの息子であった。肉と血は忘れて、これを信じなければならない。彼はぼんがらすに生まれた。ぼんがらすは遠くにあった。宿場の小さな駅から、ギシギシきしむ汽車に乗り、二た駅目の町で降り、そこからバスに乗る。三十分も田舎道を行けば、ぼんがらすだ。夕焼けの実に淋しい部落である。そこから、更に二十分もバスに乗っていくと、あの忌まわしい部落がある。祖父と激しい恋に陥って駆け落ちした私の祖母は、六十を過ぎても決して身だしなみを忘れない女であった。頻繁《ひんぱん》に白髪を黒く染め、お歯黒は、笑う度につやつやと印象的であった。襟元の黒繻子《くろしゅす》の艶は、それと良くマッチしていた。ぼんがらすを過ぎて、祖母と二人で、家一軒建っていない水田の道端でバスを降りる。入れ代りに二人の老人が背中にねぎを背負って乗る。バスが白いほこりを飛ばしてエンヂンをうならすと、祖母は私の手を引いて小径に入る。その農家は、裏手に、ひっそりとした形の森と、それに囲まれた小さな沼を控えた仲々の旧家である。その家の長男が出征するというので、家の内外はごった返していた。どうしてだろう。こんな時は、必ず、間違いなく、酒臭い雰囲気があたりにとぐろを巻いている。サーカスに十銭白銅を払って入った瞬間、ぷんと鼻をついてきて、目まいを感じた動物達の臭気と同じ印象を受ける。宴たけなわとなると、祝い客達は、豚共のように箱膳の前に並ぶ。この家の老婆は、私の祖母の姉に当っている。酒が皆の舌をもつれさせ、体にぜんまいを巻く。何と異様な光景だ。この家の婆さんが、裾をひらひらさせながら手踊りをする。それに合わせて唄うだみ声。手拍子とるみんな。興にのった婆さんは、尻を端折《はしょ》って、踊りがますます盛んになる。男達の前で、しかも、自分の息子や、孫位の年の男客達の前で、股をひらひらさせている。私は、つついていた何かの白和えを、口に入れる代わりに膳の塗りの上に練りつける。一寸も食欲などありはしない。肝腎の若者の姿は部屋に見当らない。先程、客達の前で、うつむき加減に挨拶していたが……。

部屋の中とは打って変わって、裏木戸の辺りは静けさに満ちている。若者は、杉の木陰に確かに居る。

「兄ちゃん、何してんの?」

「ああ、けんちゃんか、釣りだよ。今、大きいのが釣れるぞ。こっちに来てここに座るんだ、さあ」

石の上に座って若者と並ぶ。水の面が、釣糸の描く輪を繰り返し繰り返し描く。戦争はたけなわ、日本は有頂天であるが、若者達は、大義名分の下に死んでいく。老婆は、尻をまくって馬鹿踊り。沼は、沈黙している。釣り糸の先がふるえて、水紋が刻まれ、足下が妙にじめじめしているのに気付く。私の知っている兵隊は皆、無口な若者たちだった。五つ程年上の従兄、これは、特攻機で恥かしそうに黙って死んでいったし、キョッケイーッ！　と張り切って号令をかけた代用教員も、出征の時は、眼の中が淋し気だった。青年団の号令をかけるのは、まるで違う。小学四年の時の担任だった教師は、大演習の時、野原で黙々と飯盒《はんごう》の飯を食べていた。

釣糸をじっと凝視している若者は、明日出征する人とは思えない。家の中で騒いでいる人達は、彼と全く関わりのない何かを祝っている。私の祖母も、いい年をしていながら、まるで十七、八の小娘のように、しなを作りながら、一人ひとり男客に酌をしてまわっている。これらの老人達の中に、かつて、彼女が想いをかけた男が居るのだろうか。

浮きがぴくりと動いて釣糸は引き上げられる。まだ成魚になりきらない、三糎程の鮒がかかった。「けんちゃん、持っていくかい？」器用に右手だけで鈎《はり》を外すと、傍の小さなバケツに放す。下駄がちびている。風呂に入る時に履く、竹の皮をなって作った鼻緒の下駄である。

「うん」

少し間をおいてからの私の返事は、彼にはまるで聴こえない風だ。冷たい風が杉の木立をぬって吹いてくる。宿場より、ここの方がずーっと秋が深い。沼の面に杉の梢が映っていて、かすかに青い空に茜が射しはじめて来たようだ。

「兵隊になるの嬉しい?」

「…………」

「強い兵隊さんになってね」

「ああ、そうなろう、ははは っ………」

生命の危険を感じるのは、常に生命の所有者であり、所有者より先に生命の危機に気付くものは存在しない。何か妙な気分に支配されて私は殆ど泣き出しそうになる。その表情を見てとってか、若者は「ねえ、けんちゃん、この魚、沼に返してやろうか、その方が、きっといいな」

「うん」

——何の理由もないのだが、それが一番いいと感じたので、そう言う。若者は、ばけつを手にすると、沼の面にゆるやかに水をあける。鮒は白い腹を見せて深みに姿を消していく。水面に、夕映えが一ときわ赤い。

まだ家の方では、騒々しさがおさまってはいない。三、四本、祝いののぼりが屋根越しに力なくはためいている。ほんの微風なのだ。

「帰ろう」

「うん」

我々の心は、ロマネスク建築の特徴である、あの交叉ヴォールト式構造の天井なのだ、四つの柱の間は等間隔。四方と二つの対角は、それぞれ、その間の距離を直径とする正確な半円を描く。孤が、即ち梁となり、その丸みは、天井をますます高くし、ますます荘厳さを増していく。ロマネスク建築も、同時代のビザンチン建築も、佛教建築の様に偶像礼拝を行わなかったから、彫刻や祭壇の装飾技術は進歩しなかった。しかし、建築そのものに一切の努力と関心が集中されたのだ。中が空っぽだから、モスクの突塔はますます方形プラン、円形プランの様相でもって大空に突き出ていく。ライン河畔のヴォルムス寺院や、ミラノのサン・アンブロ寺院を見ろ。鐘塔が鋭く上に向かってそびえている。ピサの斜塔も、ピサ大寺院の裏手に高くそびえ立つ鐘塔ではなかったか。モスクのマナーラ（突塔）も教会のカンパニーレ（鐘塔）も佛教建築には見られないものであった。人間の鐘塔は高く立つ。中味がある寺と、何万年か妄想の中に生きてきた人間は、その実、全く、自己のうちに阿修羅像や金剛力士像、竜灯鬼等を抱いてはいないのだ。モスクがどんな場合でも、メッカの方角を向く壁面が突き当りとなってその一ヶ所に凹部をつくり、これをミヒラーブと呼んでいる様に、我々の心の壁面の一ヶ所には、宇宙の潮流をいちはやくキャッチし、神の声を肉声と、周波数を変える聖なる凹部がある。それは決して一定の場所とは定まっていない。イスタンブールに在るモスクなら、メッカの方向は南東に当るし、カスピ海沿岸の諸都市からは真南に当り、黒海沿岸の、かつてのギリシャの植民都市からは、南南東に当るわけである。置かれる位置によって、凹部の位置が移動するとは何という真理だ！それに引き替え、ギリシャの建築を見てみると、あのきらびやかなドリス式、イオニヤ式、コリント式の特徴のある柱は我々の心を魅了しつくしてしまう。しかし、これらの建物は、常に丘の頂に在ったことによって一つの不幸を負わされた。先ず、最初に朝日を浴びるものとして、必ずその正面は東に向かっていなければならなかった。つまりは固定されてしまったのだ。我々の心は、モスクのミヒラーブである。常に神の声を志向し、宇宙の潮流に触角を伸ばしていく。固定されることは決してない。常にレーダーのアンテナのように回転し、章魚《たこ》の肢のように四方に伸びる。建築が常に苦悩する二つの問題、すなわち構築的問題と美的要素。しかし、モスクは、薬かけのタイルや色石の象眼技術等を得、ロマネスクの建築には、後の時代にまで影響を与える交叉ヴォールト式構造の天井がある。ポリオが、これら二つの問題を両立させようとしたのは何千年前の話であったろう。しかし、穴居生活から、現代的な、いわゆる人間の意志の抽象化といわれてる建築に至る迄、構築的問題と美的要素は、単なる妄想にすぎなかったのだ。建築に就いて悩んでいると思ったのは間違いで、自我に就いて悩み、自我を板ばさみにしている問題で苦悩していたのだ。今日、我々の自我を象徴するこれら無数の建築が、暗中に模索しているものは、現代のメッカの位置である。どの建築技術者も、施工者も、出資者もその位置を知らない。東の方角なら簡単だ。哲学や科学がこれ程発達しているのであるから、容易に判る。しかし、我々の建築はギリシャの神殿ではない。モスクなのだ。永遠のメッカを常に慕い求める。それは、それぞれの建物に就いて多少ずつ凹部をつくる壁面の位置が異っていて、決して模倣の不可能なものである。その位置に立って、自らの責任でもって、全感覚を集中してメッカを探し求めなければならない。凹部を壁面にうがつ迄、苦悩は厳しい。凹部が設けられても苦悩が全く去るということはないが、その後の苦悩は、一つ一つ何かを創造する生みの苦しみなのだ。陣痛は女を一層強くさせる。陣痛でうめく女の声を聴いて、苦しそうだとは感じても、だからといって世の中が不幸だと感じる人が居ようか。あのうめきは、勝利のまえぶれであり、笑いの変形にすぎない。

ロマネスクの教会堂も、モスクにも、馬糞のような信者が群がっているという事は、返えすがえすも残念な事だ。人間は、決して神そのものをありのままで受け入れることをしないからだ。教義がつくられ、古い教義と新しい教義の間でもつれを起し、争い、神の名によって反対派の人間の生命さえ奪う。権威が生まれ、階級がつくられ、宗教の専門職などといったとんでもないものまであらわれる始末である。彼らは、メッカに向かっているミヒラーブのように、純粋に聖地を志向するわけではない。金銭の為に祈り、権力の為に願い、罪悪の増長の為に祈る。過去、戦勝祈願をした英雄（？）達の何と多かったことだろうか。平和の為に戦争を願った政治家の何と多かった事だろうか。彼等は、すっかり肢を失くしてしまった章魚なのだ。いたずらに口を突き出し、量ばかり多くても何の役にも立たない頭の中の詰め物でもってしきりと餌を求める、薄のろの章魚なのだ。彼等には、もはや、望みはない。肢があるうちは、自分の肢を喰って生きるという手もあるのだが、肢さえもない今となっては、唯、口を突き出して、祈りの声ばかりいやに甲高くなりながら、衰弱し、死んでいくのだ。ナンミョーホーレンゲーキョーを何万べん繰り返したら気がすむというのだ。愚か者奴！

部屋の中では、男達が一列に並んで踊っている。老婆の姿は何処にもない。酔いが或る限度を越すと狂乱する老婆である。息子達が隣室に引きずっていって寝かしてしまったに違いない。彼女は、最初の夫が四十七才の若さで死んだ時も酔いつぶれた。二度目の男は、二人子供を残して家出をしてしまったが、村には、この女が余りに強すぎるからだという噂がチブス菌のように広まっていた。三度目の男は彼女より、一〇才上だったが、無口な男で、今、この家の跡目を継いでいるのは、この男との間に生まれた三人兄弟の一番下の男である。腹の違う上の二人は、一人は東京で職を見つけ、一人は近在に嫁いだ。一昨年、三番目の夫が死んだ時も、老婆は酒に酔い泣きながら尻をまくっては、息子夫婦や孫達をはらはらさせた。今度出征する孫は祖父そっくりの、無口で静かな男である。秋空のからっとした空気の外と違って、部屋の中は一種の蒸気にむせ返っている。酒の匂いとも違う。小粒の自家製の納豆を、不器用に大きな益子焼きの瀬戸鉢に盛る時のあの特有な匂いと、薄暗い納戸のかび臭さに何かが混った匂いである。婆さんの手踊りが目先きにちらついて離れようとしないのだ。恐ろしさが幼い心を突き刺してくる。八畳と十畳の部屋の襖を払ってつくった宴席だが、何とせまく見苦しく感じることであろう。天井がやけに低いのだ。酒はまだ、あちこちの膳の上で薄暗い電灯の光を反射している。水とは違った色合いである。明日になれば、太陽の昇らぬうちに、恐らくは、初霜を踏みしめながら、若者はバスに乗り込むだろう。万歳、万歳と連呼する青年団の声の方が、今夜の酒の宴よりも、はるかに身だしなみの良い整ったものであるだろう。未だ身につかない敬礼をしてバスに乗り込む青年。真赤な襟章に一つも星がついていない。未だ一度も上官にぶんなぐられて、そのことに礼を言ったことがないからだ。顔がはれあがり、軍隊言葉と銃の手入れに慣れる頃、宇都宮の連隊に面会に行く兄弟や親達は、一つのいじけた様な星を襟章に認めることだろう。

初霜の朝、老婆は、高いびきで目覚めることはない。孫を乗せたバスが町に着き、汽車に乗って四十分も経ってから、夢の続きを行おうとあわてて床を出るだろう。しわの間でうるんだ両の眼をしばたいていても、家人達は、黙々と自分の事以外に余念がない。夢の覚め際、彼女は、バスが出ていくところかもしれない。

その朝、虫歯が痛くなるような塩辛い味噌汁と納豆と卵で御飯を食べる。味噌汁の中の野菜は、ぐったりとしてしまっていて、ビタミンCはよじれてSに変形してしまっている。祖母が、子供にも良く分かるような、みえすいたお世辞を言っている間、私はもう一度、裏木戸から沼に行ってみる。昨日の鮒はいるだろうか。昨日、あの若者と並んで座っていた時には、全くなかった水の匂いがする。魚の呼吸のようなあの気の遠くなるような空虚な匂いである。

ぼんがらすを通り越して町の気配の濃くなった砂利道に入ると、急に車内が熱くなる。秋の痛み多い涼しさは、ぼんがらすから向うのである。三十分程、汽車を待つ間、ぽつねんとしている、小さな待合室のベンチはガクガクしていて、背後の窓の直ぐ傍で油蝉が鳴いている。町中では、ロチの印象に残った真夏の日本がはっきりとしている。汗こそかかないが、確かに暑い。


「どうだ、これはお前が持っていくかい?」

父親にそう言われたのは汽車が宿場町に近づいている時だった。都会から久しぶりに姿を見せた父と二人で、駅二つ越えた隣り町の親戚に行った時である。大嫌いな父であったが、この父を通して、かすかに母と妹達の匂いを嗅いだ。帰り、父は私と一緒に、宿場には降りずに真直ぐ帰ることになっていた。妙な悲しみが私を襲った。

「ううん、いいよ、要らない」

父は、ちらっと私を盗み見たようだった。意外だといわんばかりの声で「それじゃ、母さんや妹達に上げるっていうんだね」

「…………」

私は返事しなかった。はじめての経験であり、恥ずかしいし、苛立たしくもあった。いじめることは出来ても、およそ妹達の面倒を見ることの出来なかった私である。親戚で貰ってきたまんじゅうか何かであったが、要らないと言ったのである。ガタンときしんで汽車が停ると、薄闇のホームに私だけが降りた。祖父のせっかちな歩き方を連想させる一面砂利を敷きつめたホーム。左手には、芳全寺の杉森がこんもりと見えた。

祖母と並んで座っている汽車が、全く同じコースを走っている。宿場町の駅は、もうじきだ。車内灯が、ぼんやり灯ると、窓ガラスに厚さ0糎の夢の世界が、窓外の風景にだぶって展開するのだが、あれは、やりきれないメランコリーを私の幼い体に刻みつける。しかし今は、未だ昼下りで、太陽は斜めに首をかしげているし、それに、夢は氷のように残暑の中で溶けてしまって形をとどめない。私は陽気である。祖母のほつれ毛が、白髪染めの匂いをかすかに漂よわせて鼻をくすぐる。蛇の卵が水田の片隅にぷかぷか浮んでいた。あぶくのような卵だ。小川が、三、四糎の落差をつくっている小さな滝の下には、いつも、洗いざらしの軍服のような砂漠色のあぶくが、一と握り、二た握り小刻みにふるえながら浮んでいた。そんな所は、強烈に、草いきれと泥臭さで、一瞬、ぼーっとしてしまう。

癲癇になった経験はないが、更に強度な失神状態に入っていくのだろうとも考えたものである。その頃くーちゃんは、さかんに、人混みの中で癲癇を起し、泡を吹き、硬直したやつをズボンの中で凍えさせ、小便で辺りの地面を丸く黒ずませていた。祖父が営んでいた宿場外れの二つに分れた街道沿いの雑貨店は、この近所の便利な店だった。坂を下りきったところにある。向いには、西木戸八幡宮というのがあって、小じんまりした社《やしろ》ながら、早朝など、あくびをしてうるんだ私の眼に、パンパンという拍手を打つ老人や、初午《はつうま》の頃には、つとっこに入れた、郷土料理「しもつかれ」を脇の木の枝にぶらさげていくのを見た。この神社と雑貨店に挾まれた坂下の街道は、そこでちゃんと二つに分かれ、片方は、長島や、長沼の部落に通じ、片方は、下大曽や上大曽といった部落に通じていた。やがては、どちらも浅くて澄んでいるのが特徴の鬼怒川の渡しに出てしまう。長沼の方から出る渡しの方が上手《かみて》に当たる。学校から先生に連れられていったのは、決まって大曽の方からであって、一見、遠いように見えるこの道の方が、ずっと鬼怒川に近いのだそうだ。ふたまたに分れた街道の間に挾まれるようにして第二分団の消防小屋がある。中には、はっぴを着た十人前後の男達が、掛け声あげて曳いたり押したりしていく手押しポンプが、赤く塗られて一台、その他、観音講といって、宿場のこの辺りの女達が、年に一度集まって行う会食の行事などによく使われた什器類が山と入っていた。近くの醤油屋の豚小舎がその裏手に在り、臭気は消防小屋一杯に広がっていた。しっかりと錠前のかかっていた小屋だったが、子供達は、観音開きの戸の下の隙間から易々と入ることが出来た。ひょうきんな少年達は、薄暗く、豚の臭気の満ちたこの小屋に入るとどういう気分になるのか、ヒョイとズボンの前をめくって、さなぎみたいな奴をのぞかせた。真赤に塗られた消防車とお碗の中の赤いうるしの間で、それはまるでキノコのように生気がないように思われた。イボがごろごろとできている少年の手がそれを抑えていた。

雑貨屋や八幡宮の前で、長沼の方から毎日やってくる何台かの馬車は、たいてい、一時立ち止まる。馬車ひきの男が店で〝萩〟か〝なでしこ〟といった一番安いきざみたばこを買う。それは普通、往きの場合で午前中のことだ。山と積んだ米やら何やらを駅前の農業倉庫に納め、帰りは、かなり長く店の前に止まっている。大将が一杯酒をあおっている間、馬は決まって、ジャージャーと長い小便をする。そいつが、道の中央からくねくねと、五万分の一の地図の中の大きな川のようにうねって片隅のくぼみに溜る。馬の体から直接地面に小便がぶつかるところには、小川の滝に浮ぶのと同じ色をしたあぶくのかたまりが出来る。店の中まで、臭気が立ち込めてくる。特に雷雨がありそうな気配の空模様の時にはそれが甚だしい。雲が低くたれこめ、時折り稲妻と轟が一瞬の差で爆発し、それ以外は全く無気味な程、静寂が辺りを押しつつむ。完全無風状態である。宵闇のような暗さが辺りにただよう。かげろうでさえ、浮かんでいることが出来ない程、空気は生暖かく緊張する。馬の小便の臭気は、店中に広がる。ポツポツと、一粒、二粒、大粒の雨が落ちてくれば、そのあとは豪雨となる。馬の姿が薄れて見える程である。早ければ二十分、遅くとも四十分降ればいい。その止み方は、坂東男のそれで、実にさっぱりしている。急に雨量が減ったなと見る間に、ピタリと止んでしまう。その後は、たいてい、切れた雲間から茜の夕映えがキラキラと輝き出す。山裾の薄もやの中に灯る農家の灯火《ともしび》と頭上の夕映えは、何か、人智を超えたところで一つの関連性を持っているように思えて仕方がない。空気は、実にすっきりとして、涼しさが微風《そよかぜ》に乗って家々の軒先から忍び寄る。馬車曳き達の汗と酒臭い体が興安坂の方に二台、三台消えていくと、藪蚊が姿をあらわす。蚊取り線香をくゆらせたり、アースをシューシューとやるのだが、蚊共には一向に効き目がない。〝蚊や蝿皆殺し〟等と大書されたアースの宣伝文句が店頭に掲げられている中、裏の方では、祖父がさかんにぜいぜい咳き込みながら、効かないアースを撒いている。祖父は喘息持ちであった。

聴き馴れた音をたてて汽車は、駅の構内に滑りこむ。このレールの上は、昔、東京から、夏休みを利用して一ヵ月近く泊りに来た、ずっと年上の従兄と二人で、歩いたところだった。五行川という、かつては名のあった亡命者が隠れ住んでいるような表情を、常に水の面に漂よわしている陰気な川で、祖父の家とは反対側の、宿場から、断崖のように切り込んだ、その下にかくれるように流れている。レールは、熱したフライパンの中のように熱かったが、がまんして、素足でその上を歩いたのだ。はじめは、従兄は精液の話をしてくれた。このレールの上で、ひとたらしの白濁した濃い精液は、じゅーっと音を立てて、目玉焼きのように固まってしまった。女のあそこがしょっぱいということ、女の尻のくぼみに手をやると、温かみがあるということを、彼の言葉を通して私は体験した。この夏休み中、彼の愛人が、長い病床生活の後に死んだという電報がとどいた。『坊ちゃん』や、『自殺者の手記』を読んで涙を流した私も、「トキコ、エイミンス」という電文が判らなかった。涙を溜めた従兄は、売り物の〝光〟の片隅に永眠と書き、死んだことなのだと説明してくれた。死ぬことが、眠ることと同じだという彼の説明に、私は、一つの大きな知識を得た感じであった。自殺者が、こめかみに撃ち込む、樫の実大の弾は、その人を死なすのではなくて、眠りにつかせるのかと思った時、体のどこかで、こりこりと筋肉がゆるむのを感じた。同時に小便がしたくなった。私につられて、従兄も、並んで消防小屋の前で放尿した。顔を上げて彼の方を見ると、暗がりの中ではあったが、明らかに泣いていた。涙と小便をこぼしながら、東京の恋人のエイミンを悲しんでいたのだ。しょっぱかったのも、生温たかったのも、このエイミンした女の人のことなんだなと私は、小便が出なくなるまで、何度か、しょっぱいところと、くぼみを、闇の中に空想していた。そしてその空想は、未だ都会の父母の下にいた頃、炬燵《こたつ》の中で指を触れた、近所の娘の性器と、果物の甘酸っぱくむせる匂いが一つのイメージに重なり合ってしまった。まるで、ゴムみたいにやわらかで、塗り立ての壁のようにねとねとしていた。

汽車がガタンと一とゆれして停車する。祖母は、私を先に立たせてデッキを降りる。顔なじみの駅員に頭を下げて丁寧に挨拶する祖母に「おばさん、早くいこう。」「おばーさん」がつまって「おばさん」という発音になっている。「おじーさん」も「おじさん」としか呼んではいない。

その間、汽車はゆっくりと動き出す。私達二人しかこの駅では降りず、乗ったのは、東京に戻るらしい若夫婦ひと組だけ。

玉露は、本来味の薄い茶だ。それは丁度、ウイスキーのように、舌の上に転ろがしながら味わわなければならない。これを飲んで酔いつぶれる奴は、本当の飲み方を知らない奴だ。バッカスのように暴れたかったらほかの酒にしろ。とにかくウイスキーは駄目だ。喉をうるおしたかったらほかの茶にし給え。玉露はいけない。飲みものばかりとは限らず、他にも多く、神経の上でじかに転ろがしながら、飲み込むのではなしに味わうべきものがある。詩、音楽、チューインガム、伝説、茶の湯の作法、文通だけの友と交わす握手やキッス。神もまた、典型的な、玉露の類《たぐい》である。番茶は一気に飲んだら好い。ビールと同じである。地上のどこかでは、水よりもビールの方が飲むのに経済的といわれている。これは大量に飲まないと恥だし、小量やるのは、罪悪に近い。ホップのきいた苦味は、舌の上でころころやったのではたまらない。一気に喉を通してやらなければならない。口で味わうのではなしに、喉で味わうダイナミックな感触が大切である。汗と番茶、小便とビール、どちらも深い関係がある。厳しくも現実的な肉体の生理作用を通して認識されるものだという点で共通な存在である。抹茶は、葡萄酒と同じように雰囲気の演出家である。味わうよりも、体で体験するよりも、先ず周囲の状況に支配される。ルイ王朝のコニャックもシャンパンも、豚小屋の前で飲んだんでは何の価値もない。二日酔いのあとで、がぶりとやる抹茶に一体何の功徳《くどく》を期待したら良いのだ。

『茶経』の著者、陸羽以前の茶は、茶の葉を摘んで餅のようにし、これに糊を混ぜて固めた。湖北、四川の省境近くで採れる茶の葉を用いた。飲む時には、固形茶を、茶色に変色するまで、炙《あぶ》ってから、つき砕いて粉末にした。それを瀬戸物の碗に入れ、上から熱湯を注いでしばらく蓋をしておく。最後に、葱や生姜、蜜柑の皮を薬味として きざんで入れてから飲んだ。しかし、陸羽に至って、茶は釜で煮るようになった。それ以前の、熱湯を注ぐ、いわゆる淹茶法《えんちゃほう》ではなかった。そして、従来用いられてきた薬味の一切を用いなくなった。代わりに少量の塩を入れる。はじめ、釜の中で湯を沸かす。釜の底の方から、魚の目のような湯玉が沸き上って、かすかに音が立ちはじめると、塩を少し入れる。更に待って、湯玉が連珠のように沸き上ってくれば、柄杓《ひしゃく》で一杯だけ湯を汲みとる。それから直ぐに竹ばしで湯をかきまぜ、あらかじめ薬研《やげん》ですっておいた粉末状の茶を投入する。湯が激しく沸騰してきたら、前に汲み取っておいた柄杓一杯の湯を入れる。湯のたぎりはそれで静まり、一切は了る。あとは飲むだけだ。この際に用いられる理想の茶碗は、越州窯で焼いた青磁とされている。水は、杭州の西湖にある古井戸からのものが良い。竜井は今でも遺っている。竜井の附近で産する茶は竜井茶と呼ばれ、高級品である。昔の人間は茶を服用する時、幻想を見ることさえ期待した。現代人は、ペン先に幻想を期待する。ハーヴェイ・アレンは自分のペン先に、天使が踊り、ペン先を動かしてくれたと体験を語っているし、ベッドに横たわっていると、先祖達の声が耳元で囁くとさえ言っている。かつて、ヨーロッパの貴族達は、葡萄酒と音楽を結びつけて一種の幻想を生み出した。大正期の日本の作家達は、あの暗く短命な時代の運命を背負って、原稿と生活の破滅を、そして、死をさえ結びつけて、幻想を期待した。現代人は、宇宙空間に幻想を期待する。地球は青かったという宇宙飛行士が居ると、人々は、かつてシェクスピアや、ブラウニングに心動かされたように熱狂する。しかし、原稿の上から生まれたものは、せいぜいゴルフ族のオジチャン達の小器用な子供だましでしかなく、これには、甦えりや新生の力は全くなくなってしまっている。仕方がないから、一杯お茶を飲もうか、え？　どうです、○○賞審査委員のおっさん。

ホームの砂利はいつも乾いていて白い。一つぶひとつぶ鬼怒川の河原で選び集めてきたように、丸くて粒が揃っている。祖母のぞうりが砂利を踏みしめる。髪油の匂い。石炭の燃える匂い。戦争という病菌は、未だこの辺りを襲いはじめてはいない。やがて治癒不可能な白血病になる運命を控えて、駅はうずくまる。治癒は不可能なのだ。唯、甦えりのみが期待されなければならない。一度、この砂利の白い敷きつめられたホームで、若い坊主が、日本刀を引き抜いた。彼は、陸軍中尉か大尉だかで、専ら宿場の青年団の指導に当っていた。出征していく兵士がある時は、いつもホームに立って、これを見送った。角刈りの、人を喰ったような男で、袈裟が、いつも馬車曳きのふんどしのような感じを与えていた。丁度その朝は、一人の在郷軍人が、近在の旧家で手に入れたという白鞘の刀をその坊主に見せた。

「うん、こりゃいい、どこで手に入れた?」

中支で、三人の敵兵と一人でわたり合い、銃剣一つで斬り殺したことをいつも自慢する男であった。鶏のとさかのような、ちぢれた皮膚のたるんだ顔の中で、眼がずるそうだった。こんな顔をしていても、いつも女に追いかけ回される男で、今の女房は二年前に一緒になった。かなりの美人であった。程島部落に住んでいる小ぎれいな娘も、この男とうまくいっているそうだ。商売は豆腐屋であった。

「新刀だな」

「古刀じゃあないんですか」

「馬鹿者! いくら鞘が手垢で汚れているからって……古刀なんていうものは、そうざらにあるもんじゃあない」

坊主は将校、男は下士官である。入れ墨を背中一杯にしていて、凄みを利かすこの男も、軍隊の階級の前には小猫のようだ。

「新刀五ヶ伝のうち、うーんと、…………相州物かな、いや、美濃だな」

男は喰い入るように、まるで神の神託を受けようとするギリシャの市民のような表情で坊主の顔をのぞき込んでいた。刃紋が、乱れの華やかなところをみると相州ものらしいし、反りの浅いことや、巾のあることも、そう見えるが、一方、そうした姿の実用的効果を出している特徴は美濃ものなのだ。これが、優雅な姿の山城ものや、刃紋の華麗な備前ものでないことは明らかなのだが。それから先、坊主は何も考えなかった。

「やはり美濃だな」

「美濃ものですか」

「そうだ、この寸詰まりで反りの浅いところは、美濃の高田一門というところだな」

軍刀に仕込んで腰にぶらさげるのにちょうど良い長さであった。たいていの大刀は、磨《す》き上げて二、三糎短かくしないと軍刀には仕込めないのが常だったので、この男は、ちゃんとそれを知っていて、この大きさのを手に入れてきたのであった。

「西海道の高田一門に違いない。そして、鋩子《ぼうし》がこのように、小模様に乱れ込んでいるし、肌は、小杢目《もくめ》だ……相州風の大乱れで、こんなに焼き崩れがあるからには、永行かな、統景、定盛、……まあこの三人のうちの一人だな。しかし、高田一門にはたいてい、銘を長々と〃豊後高田住藤原長行〃といった具合に彫るもんだが、それがないな。とにかく、切れ味は良さそうだ」

舌なめずりをせんばかりだった。

「貴様がこれを使うのか」

「はっ、そうであります」

「一寸もったいないないな」

二人は、全く軍隊調に戻っていた。この坊主は、一年程して、自分もまた、南方に行くこととなった。寺の跡をとっている長兄が、四方八方奔走して、召集されないように金を使ったのだったが、結局、それは徒労に了った。出征の日、駅頭で、生まれ落ちた時からこの日の来るのを待っていたような口ぶりで、威勢のよい挨拶をした。彼の戦死の公報は、それから三か月目にきた。檀家の後家達が、それも皆、夫を戦争で失った女達だが、寺の境内で取っ組み合いのけんかをしたとか、ねぼけまなこで耳にしたこともあった。その後、宿場の青年団の指導をしたのは、四十を過ぎた、ボストン・テリヤみたいな顔付きの予備役中尉であった。子供達の間でも、あ奴は一度も戦争なんかしたことがないと専らの噂だった。造り酒屋で金があったので、多額の寄付をして肩書きを貰ったのだともいわれていた。しかし、折目正しい軍服と、二、三の従軍記章を胸につけさせると、まんざらではなかった。ヒットラー型の、前のぐんと反り返った軍帽と、多少突き出た下腹は、この辺に、大演習の時やってきた中老の貫録のある大佐を思わせた。珍らしく雪の積った朝など、関東特有のギラギラする太陽を浴びて、軍人勅諭を壇上に立って長々と朗読する様は、軍団長のようであった。家では、婿養子であるこの男は、妻の前では番頭のように這いつくばっていると陰口をたたかれもした。軍刀も軍帽も、軍服も、そして中尉の肩章も、更には従軍記章も、すべて、妻と養父の手で調達されたものだそうだ。軍人勅諭を堂々と青年団の前で朗読出来るうちは、追い出される心配は先ずなかった。怒鳴られ怒鳴られ妻の肢腰をもむ手に純白の軍手をはめて、軍人勅諭を読む。造り酒屋の養子らしく、顔はいつも赤味を帯びて、鼻下のひげははにかんでいた。狂い咲きの桜。

結局、人間はすべて、狂い咲きの花なのだ。誇らし気に咲きそめればそめる程、人々は大口開いてげらげら笑いころげるだけなのだ。しかし、我々が大まじめであるだけに、悲しみは異常に大きい。痛みは、限りなく激しい。傷口は果てしなく深い。哄笑のざわめきを鎮《しず》めるのに、方法は一つしか考えられない。死だけである。愛、そんなものがあるとすれば、それは、孤独の確認ということの逆の証明なのだろう。徹底した孤独に戻るという意味で、この際、人間にとって死は必要なのだ。神の口の中に、土くれの中にしみ込んでいた生命の息吹きを戻してしまうのだ。

土くれは、元通り、誇りも怒りも悲しみも感じない純粋な土くれに戻る。今日の宗教や芸術が必死になって志向しているものは、実にこの種の実存への回帰である。しかも、それだけでは、片道切符を買ったようなもので何の役にも立たない。帰りの切符もなければならないのだ。土くれに戻ること、愛に閉じ籠もること、死に至ること、それは、往きの切符でしかないのだ。甦えること、新しい次元に生まれ出ること、これこそ帰りの切符なのである。

サロートが、本当に知的な人間は、自発的な熱狂をもって純粋な感覚を育てると表現し、ヘンリー・ミラーは偉大な予言者の直系の子孫であり、神話や寓話や伝説などが織りなしている世界を体全体で表現しているし、骨の髄まで、この世的であるくせにして、はるかにこの世の次元を超えたところに生きているという風に表現している。

甦えりとは、今迄、気にしていたことの一切が、全く文字通り、気にかからなくなり、従来、苦悩の原因であったものが、まるっきりその逆になって、喜びの対象となり、腕まくりして勢い込んでいた頃には願望の対象だったものが、軽蔑の眼でみられるようになる体験である。道徳も、伝統的な、死に絶えた諸宗教も、甦えりの模倣をやらかそうとしているから、これに似たことをしきりと言う。しかし、それは甦えっていない彼らにとっては、一つの理念であり、観念でしかなく、そうあるべきなのだと確く信じるのが関の山で、実際には、生活の中で一度も味わったことがないのだ。金に目がくらんではいけないというキリスト教会が、金の為にどれ程熱烈に祈ることか。献金を多くするものが、権力を振わない教会というものがあったら、教えて貰いたいものだ。一生涯、奴隷のように這いつくばって、奉仕させて貰おうというのだ。ここではっきり一つのことを言っておきたい。金銭がなくては出来ない行為は、すべてまやかしであると。

芸術家に環境は問題ではないとフォークナーがいったが、けだし名言である。あらゆる人間の、あらゆる生き方に、環境は問題ではない。もし、環境如何によって左右されるような生き方なら、それは、死以前のものであり、甦えり以前の状態であって、何ら、そういった行為や人生は意味がない。フォークナーは、作家は、鉛筆と幾枚かの紙があれば、それで充分仕事に打ち込めると言ったが、一切がそうなのだ。人間は意志すれば、万事そのように創造されていく。金や時間や、場所がなくて出来ない行為は、何ら創造性とは関係がない。しなくても良い素姓《すじょう》のものである。教会堂でも、伝統でも、組織でも権威でもなく、一とかけらの信仰心さえあれば、山に、海に入れといっても、そのようになると教えてくれたのは、キリストご自身ではなかったか。偉大なものも巨大なものも要らない。からし種程の信仰心が必要なのだ。極微なものでよい、純粋な何かが必要なのだ。芸術グループや、社会組織や、宗教団体の中には、決して見出すことの出来ない、純粋な何かが必要なのだ。芸術も、宗教も、社会も、文明も、すべては狂い咲きの花なのだ。しおれる時にこそ、厳粛な創造の業《わざ》が営まれ、それにひきかえ、咲き誇る様は最大の敗北なのである。文明の開花は、竹に咲く花のように、あらゆる不幸の予言者となっている。これを眺めても詩情は湧かない。唯、恐怖が体を縛りつけるだけである。ミラーが言っている。与えることと貰うことが実質的に全く同一のこととなるという体験は、第三次大戦の勃発《ぼっぱつ》のニュースを聴く以上に驚かなければならないことである。この点に関する限り、教会をも含めて、地上の一切は、十字架の事件から二千年経つ今日、一人もクリスチャイノは出現してはいないのである。キリストは、今日なお孤独である。それは、アグネス・ミクレの言うように、まさしく、愛は他人のあずかり知らないものであって、孤独なものなのである。

出札口は一か所しかなくて、いつも、上役の頭にバリカンを当てては怒鳴られている青年が切符を受けとる。九坪程の待合室には、不格好で頑丈そうなベンチがL字型に二つずつ、四つ並んでいて、たいてい、子守をしている娘等が坐っている。あれは十二月もかなり押しつまった頃であった。この年の冬休みは、私を、都会の両親のもとに帰るのを少し遅らせていた。父がこっちに来るという手紙があったので、その時、父と一緒に行く事になっていた。父の来るという夜は特別寒かった。普通の子供のように、父親に対して余り親しめない私は、それでも、そうすることがさも当然だというような素振りでいる祖父母の手前、夕食を済ませてから、一人駅に向った。世の中の連中どもがやる、あのいまわしい送り迎えという奴だ。私は、誕生祝いは、単純で哀れな連中に取りまかれて盛大に、惨めにされたそうだが、それは私の与《あずか》り知らぬこと。葬式は絶対に断わる。送り迎えは、正しくは一人でするべきものなのだ。創造的な生活は、絶えず孤独であり、孤独こそ、純粋さの保証であり、創造的人間の喜びでなくてはならない。複数でもって踊り狂わなければならないのは、魂の抜けた幽霊たちである。私はその点、残念ながら幽霊になる資格は、全くない。本格的な人間は、闇の中でなくとも、光にまぶしさを感じなくてはいけない。そして、その光は、可視光線であってはならない。しかし、可信的である。白昼、太陽のギラギラする中で、まばゆい光線がそれとは別に存在することを信じて、目がくらまなくてはいけない。太陽を忘れて、街灯やネオンサインの光を見上げるのだ、ほんの手の届くところにある、吉原のガス灯を凝視するのだ。あらゆる種類の欲望と精液の匂いを滲《し》み込ませた陰唇のように光る輝きを見るのだ。これを闇の中でしか認めることの出来ないほど視力の弱っている奴は、死の中で生命に涙し、貧しさの中で富を慕い、激痛の中で必死に健康を求め、子供を亡くしてから、子供の大好きだった赤い洋服を買ってやるようなものなのだ！

父は、七時四十七分の汽車でくるか、さもなければ、その次の終列車、十時五分ので来るだろう。七時四十七分迄、まだ大分ある。一時間以上寒い待合室で待たなければならない。

第二章
甲殻類または文化人間

私は生の豊かさを整理された体系機構の中に枠付けすることには全く不偏な人間である。

《G・ジンメル》

はるかなるエデンの園

我々は、余りにもいためつけられている。五千年の文明の下で冷酷な仕打ちを受け、体中は傷だらけなのだ。もはや、一片の感傷すら残されてはいない。わび、さびは亡者共のもの、感傷は十代の小娘の胸にすらない。それは、夢遊病者の尾骨辺りに辛うじてぶら下っているみじめな断片。恥の密度は高く、比重は、十の五十乗位だ。文明の荷重は厳しい。それは我々の生活体験として具体化する時、激痛となる。形式や節制の一切を忘れ去らなければならない程に苦しいのだ。それで、この状態を直視出来る人間は、感傷など少しも抱かない。何処かに棄ててきてしまったのだ。いや、我々には、従来のものよりもはるかに密度の高い、全く異質の、もはや、それは文明の光の下では感傷と呼べないような、そんな何かがあることは確かだ。鳥の目を通して眺めるダイヤモンドとアーモンドグリコの存在によって、生命を構築している細胞が受けるショックを感傷と呼べるなら、そういえるのだ。細胞は常に、周囲の存在に対して、それが一粒の砂であろうと、一糎立方の平方六面体をした憎悪であろうと、紙の上に描かれた正五角形の愛情であろうと、そういったすべてのものの存在を敏感にキャッチして、ショックを受けるのである。ショックは細胞を生かし、活気づける。古い細胞を殺し、新しいものの誕生——一つの細胞については、これを新生といい、甦えりというべきであろうが——が活発に行われる。ショック療法で癒される病気もあるのだ。一旦、停止した心臓も、強力な電気ショックで、再び活動を始める。

万物は、その存在自体が、生命体にとって、有効なショックである。一方、生命体の方は、そうした、超高周波的なショックを敏感に感受する機能を具えている。このような感受性こそ、生命そのものを単なる物質から区別しているのだ。生命は常に創造し、同時に腐敗し、甦えり続ける。単なる物質は、固定し安定し続ける。生命は常に定義を拒否し、論理を遠ざけ、合理を憎悪する。生命は炎であり、燃焼であり、誕生であり、腐敗のプロセスであり、存在の有機現象なのだ。物質は、安定し冷たく、定義の下に安住し、論理的であり合理的である。文明は、結局、生命の欠けた、巨大にして硬度の高い、いわばダイヤモンドのような物質にすぎない。これに近づく生命は凍結し、麻痺し、みにくい形を具えるようになる。そして、そうなる時、もはや生命としての物質と栄光の一切を放棄することになる。生命はショックを受けるものであり、物質は所有すべきものなのだ。生命は、時間と空間の一切を超えたところに在るが、物質は、常にその中に閉じ込められる。生命は、一切を自ら始めるが、物質は過去が重要であり、すべては慣例に従い、歴史の権威の指示なしには、指一本動かす度胸と自信がないのである。生命とは、それ自体に適した風土だとか、条件、環境といったものが何もない。一切に就いて、厳密にいって不適当であり、また、適しているともいえるのである。物質には、自ずと、適、不適の風土、条件が定まっていて、いつも自己の住む世界を定めてしまって、同じ宿命の者達とグループをつくる。生命の特徴は、一切を、それ自体で単独で始めるが、物質のそれは常に集団、グループからはじめることである。生命は、先ず行為が確認され、次いで自ら律法が生まれる。物質は、あらかじめ定められている律法に従って、何事をも行う。行為自体は、律法自体の存在を意義深いものにする為の端役《はやく》にすぎないということは、多少反省心のある者なら良く判ることである。生命は常に信じることから、万事が始められるが、物質は、公式化されたものの中に自らを順応させ、適応させることから始められる。生命は意志するが、物質は、存在を継続させるだけである。従って、今日と明日が同じ人間は、死んでいるのだ。

日本からアメリカ、アメリカからイギリス、イギリスからフランス、フランスからイタリヤ、すべてはジェット機で連絡され、地球上はかなりせまくなってきている。もはや、相互の理解の上で致命的な障害となるような風習の差は消滅している。そのような風習の遺っている珍らしい國々と民族を探すことは、ダイヤモンド鉱を探すより、はるかに困難なことである。しかし、そうだからといって人間が、或るものから自由を得たということにはならない。本格的な、文字による作品が理解されない点では、世界は一つの鎖國なのだ。これから密出國しようとするような者が居れば、幕末の吉田松陰のように、正当な理由でもって死刑が待っている。我々、本物を書く者は、既に何度か死刑の宣告をされてしまっている。首には、肩が痛くなる程、多くの死刑に値する罪状が書き立てられた札がぶらさがっている。ノーベル賞はじめ、大半の賞や、協会は、眠りこけている浦賀の奉行所に等しい。四隻の黒船さえ、沖合に姿を見せれば、彼等は、威厳も何も忘れて腰を抜かすのだが、未だ黒船は現われない。全く鎖國の夢の中で暮している連中にとっては、我々は、鼻持ちならない毛唐であり、南蛮人なのだ。唯、黙って彼等の前に立っただけの理由で、彼等の親を殺した仇よりも多くの憎しみを受けなければならないのだ。早く黒船を浦賀の沖合いに送りたい。今は、太平洋の荒浪を蹴立てている最中である。実に広大な海だ。浦賀の沖合いに出て、あわてふためく武士達を、江戸に早馬で走らせたら、痛快だ。こちらはちゃんと、時期も考慮に入れてやってくる。

この國の関知することのない、生命の國の建國を祝って祝砲を何十発と轟かせる。浦賀の町は、尻の下からゆさぶられ、人々は三百年の泰平の夢の終わり頃、足がガクガクする程に度肝を抜かれて小便をもらすだろう。我々は、好い気分で、止むことなく祝砲をぶっぱなす。一発毎に、こちらの心臓は快調となり、胃は強力となり、性慾はますます旺盛となる。勝算がないと判断した彼等は、やがて我々を迎えるだろう。公方様《くぼう》御下賜《おんかし》の米俵を何俵も軽々と担ぎ上げる力士の妙技を見せたりしてもてなすが、その陰で、ちょっぴり、どうだ俺達の中にはこんなに力のあるものもいるんだといった気持でうっぷんを晴らす。だが、我々は、それを他愛いのない連中の遊びとして、全然、正面から受けとろうとはしない。たしかに、我々には力士程の力はない。たしかに、我々の文学には、絶妙なテクニックがない。ないばかりか、そのようにやろうとしても、それだけの才能は恐らく持ち合わせてはいないだろう。たしかに我々の宗教には、巨大な組織も長い伝統もない。ないばかりか、それらを持とうとしても、それは出来ない話だ。だが、出来ないから負け惜しみをいっていると早合点して貰っては困る。いささかもそれをねたんだり、羨ましがったりしてはいないのである。力士達の力自慢を見せられながら、その御返しとして、無線電信機を一と組、贈呈しようなどと、全く別の事を考えている。力自慢、それは何百年か何千年か前、何万年か前、我々の國がやっと目覚めの時期に入った頃、盛んだった。かすかにそのような記憶が残っているだけである。我々には、力自慢の連中や、いやに気取った侍達が膝をがくがくさせ、屁をもらす程に驚かなければならない、鉄の馬や、造船所があるのだ。

しかし、未だ四隻の黒船は浦賀の沖合いに姿を見せてはいない。この國の人々は、三百年の鎖國の夢から覚めきれずにいる。権威は、いやが上にも物をいい、力自慢は絶対的な誇りなのだ。だからノーベル賞に涙を流し、直木賞、ピューリッツア賞、芥川賞、ゴンクール賞などを目当ての大芸術家が続出する。それらは一寸も悪いもので も、憎むべきものでもないだろう。しかし、彼等受賞者達を考える時、一様に、技術屋であり、専門家であって、人間に苦悩し、人間に驚き、怒り、喜ぶような、我々の根元的な精神を理解して貰いたいと願うには、余りにも頼りないというだけである。一体誰がこの歳して、小説書きに転向する程の間抜けた意欲を抱く気になれよう。そんな呑気で無責任な考えと望みは十八才迄で了った。その後は、真理に酔わされ、二度と書くまいと誓って宗教の中に飛び込み、大暴れをした。しかし、その大暴れも夢の中であって、実際には一寸も暴れてはいなかった。慌てふためき、屍体に等しい巨大な宗教の組織と伝統から脱出を試みた。それから書き始めていることが、小説でなく、お話でなく、詩でなく、美文でなく、芸術でないということは、明らかであろう。むしろ私は、最も小説嫌いな男である。バルザックのように「文学なんて存在しない！」と叫びたい。在るのは、生ける私だけなのだと。お話、そんなものは、もう腐る程ある。どんなうまい筋であっても、心打つ内容であっても、フォークナーのように謙虚になるべきだ。

「もし、僕が生まれてこなかったなら、誰が他の作家が僕に代って書いただろう。我々は皆そうなのだ。誰が書いたではなくて、重要なことは、誰かが書いたということだ。芸術家が重要ではない。新しい何かを語らねばならないというようなものは何一つとしてありはしない。彼が創造したものだけが重要となる。シェクスピアやバルザック、ホーマーが同じことをいっている。もし彼等が千年乃至二千年位長生きしたとすれば、出版社は、他のどんな作家をも、要らなくなるだろう」

物語りを作り出すことなんか、誰かがやるだけであって、この人間でなくては出来ないというようなものではない。「お話」に署名は禁物である。文学のあらゆる賞は、それで、無署名のものに与えられなくては本当ではない。大切なのは、創造的な業であって、物語りの生産にあるのではない。また、ジョルジュ・シムノンが言うように、自分の書いたものの中で、読み返し、美文があれば、必ずこれを削除するということは賢明なやり方である。美文とは、伝統である表現につながり、耳馴れているセンテンスであるかも知れないし、その時代の流行語であるのだ。創造に、借り物が許されないとすれば、まさしく、美文は創造者にとって、憎むべき相手である。良いと思える音楽は、何度か聴いているからであって、どんなに内容のある音楽でも、最初に聴く時は異様に感じるものだ。ベートーヴェンの第五をはじめて聴いた人々は、創造的だと分っても、果して我々の馴れた耳に入ってくるようなニュアンスは受け止め得なかったに違いない。その通りだ。本格的に創造的な人間は、一切の美文を排除してからなければならない。ヘミングウェイのああいった簡潔な文体も、彼にとっては創造であったが、我々にとっては化石である。我々は一切の化石を払い除けて進まねばならない。生々しい、生まれたばかりの赤児でなくてはならないのだ。不安と痛みと、何だかまだはっきりとは納得出来ない飢えの故に、号泣しなければならない赤児となるべきなのだ。可能も不可能も山程ある、生まれたての卵に等しい。蛇は、常にこれを呑もうと鋭い眼を光らせ、母鳥の情熱は、安全にこれを温めてくれる。やわらかい巣の中と、同時に、一歩誤れば、絶壁の渕から転落死する危険にさらされている。巨大な鳥の卵であればある程、その安全度と危険度の差は大きい。芸術じゃあないのだ。単純な生命なのだ！

「それはまた、彼が因襲に反抗する人々に無意識に心惹かれ、社会の谷間に住む人々に愛着を感じた理由でもあった。つまり、乞食や娼婦、酔いどれ、泥棒、作家（しかし、これは、きれいごとを並べ立て、現状を肯定している作家とは違い、反逆者としての作家であるが）、こういった者達に関心を持ち、不具者や離婚した女、ネグロ、ユダヤ人等に同情の心が湧き起こった」

とアグナー・ミクレが言う時、ここに一つの生命を見る。芸術ではなしに、生命そのものを垣間《かいま》みる念いがするのである。この國は未だ鎖國の夢から覚めてはいない。生命そのものは、悪徳だし、生命は、直接的に見ることは罪悪とされている。生命は、なければばない程良い。生命のない人間、非創造的な人間であればある程、巨大な組織の中の模範人になれるし、伝統の中の優等生にもなることが出来る。私は、一切のイズムに反対し、反逆する。一切のグループから除け者にされ、無能者扱いを受ける。しかし、そうなればなる程、私のすべては、黒船の中に居ることが確実となるのだ。私は、この地上が鎖國の悪夢から覚める迄、迎えられることはあるまい。私は書くことにおいて、自己の一切を、もう一度、この手で触れてみたいのだ。それが、もう一度とつぶやきながら、繰り返し繰り返し、限りなく行われる。

お前のデッサン力はまるっきり駄目だと言われて、目を閉じたまま、モデルに手で触れるように命じられたミロの姿がここにある。私は盲目なのだ。必死になって、二つの手は、指は、自分の体を這いまわる。体の形はまた、同時に心の形なのだ。私の書く作中人物は、すべてサロートの言うように「共通の塊の中で混り合おうとする傾向がつねに見られる」のであって、個人の中に強烈に意識される自我に還元された、いわゆる、個人を超える集合的、或いは綜合的意識が個人の言動を支配し、新しい人間と物との関係をつくり出すという、ユナミズムの変形を暗示している。人間は、すべて綜合的であるということは、人間の抱く生命が、多面的であり、多用的であり、集合的であることから納得されねばならない。従って、私の書く作中人物には、殆ど名が付けられていない。そして、プルーストが怒気を含んだ反逆的な声で言うように、私の作中人物に就いては、窓を閉めたり手を洗ったり、外套に手を通したり、決まりきった紹介の文句を口にしたりすることがないと主張したいのだ。すべては「彼は相手に向かって言う……」といった具合に、始められる。従来の小説からすれば、何とも、幼稚すぎる文章かも知れない。しかし、これで充分なのだ。作中人物は、結局、すべて私自身の一面を担った、私の創造の人物であり、かつて実在した人物の記憶が私の中に宿っていて、その幻影に、私が自らの魂を入れて歩かせるのに過ぎないからである。どんなに私の書く人物が私を呪う他人であり、私に教えようとする他人であるように見えても、何処かで必ず、彼が、私の化身であるということを顕わすミスを犯すだろうし、そういう風に読者に見破られることが、予定に入っていないわけではない。もともと人間には、はじめ名前などなかった。聖書の中に出てくる典型的な人物は別として、もっと泥くさい、エデンの園からは程遠いサヴァンナやステップ地帯の人間達には、名前など、ついてはいなかった。いや、アダムやエバだって、後になって付けられたものであり、本人達は、人間であること、男であること、女であること以外には何も名前がつけられていなかった。考えても見給え。人間と呼ばれるしかないアダムは、一切の動物や植物に名を付けたと『創世紀』は記している。人間とは、けっこう、自分がなくても、他人の世話は出来る不思議な存在なのだ。

名の付けられていなかった最初の人間達は、数が増し加わってくるに従って、体や性質の特徴を捉えて、太っている奴には、デブ、やせている奴には、ヤセ、駿足《しゅんそく》の男には、ハヤ、あっちの旺盛な女は、ミラーやバロウズの好んで使う、アングロサクソン人達のタブーの言葉そのもので呼ばれたかも知れない。名前は、文明の弱さと、非創造性を明らかに代表している。しかし人間は、厳密にいって、一生一つの名前の下に束縛され、固定されて良いはずのものではない。「私の前に立つ男」や「自転車の上の女」「片足を上げる幼児」の方が、より直接的に人間を表現出来るし、一層、文学的であり、それにもまして、私らしい表現なのだ。ああ、それにしても、私達はな物事を何一つとして直接的に素朴に表現し得なくなってしまっていることであろう！　かつて人間が、他の動物と大差ない程度に素朴で単純な暮しをしていた頃、彼等には直接的な表現力は具わっていた。動物達の啼声《なきごえ》や咆吼《ほうこう》からそれほど隔《へだた》ってはいない単純な言葉しか彼等にはなかったにもかかわらず、そこには、明快にして鮮明な直接的表現力があった。社会の秩序という制約の中で人間は、今日、厖大な量の語彙《ごい》を我がものにしながら、その言葉は実に不鮮明なものになってしまっている。混濁した意味の中で苦し気に喘いでいるのが現代人間達の唇にのぼる言葉である。彼等は、言葉と真意の分離の中で苦悩する。言葉は、はじめから信じられない星の下において発生している。ロゴスは、もはや、現代人間の言葉の中から脱落してしまっている。〝原生人間の言葉〟の抜け殻に等しい現代の言語は、その馬鹿でかい図体を、氷河期を迎えた恐竜達のように絶望の念いでわななかせている。言葉が健全な状態で実在したエデンの園は、はるか彼方に遠のいてしまっている。

十二ヒ、クルコト、ミアワセヨ

土井晩翠夫婦は、満ち足りた表情で女学生達の斉唱《せいしょう》に耳を傾けていた。場所は、会津若松の〝鶴が城跡〟であった。

これが一つのイメージとなって私の頭の中に焼き付けられた。そして古いイメージながら、東京上野の巨大な駅のホームのそれと、これが一つに重なってしまったのだ。人間は、誰でも、生活と食うことの不安に襲われ、いためつけられると、人混みを慕い、巨大な建物の中を好み、騒々しい場所を求めるものらしい。自己の内側が貧しい者にとって、孤独、静寂は恐怖であり、気の狂いそうな不安でしかない。私は、まともに米の食えなかった〝リンゴの歌〟の時代に、雑踏を慕い求めた。上野駅の巨大なむきだしの鉄骨は、戦禍のあととはいえ、私の慰めだった。建物の中に、地下道にうようよしていた浮浪者の群れがたむろしていても、一寸も気にならなかった。彼等でも、誰も居ないよりはましなのだ。不安と不信におびえる人間は、殺人狂とでもよい、一緒に身をくっつけて眠りこけたい衝動にかられる。会津若松の駅は、私の頭脳の中で、上野駅と寸分違わぬ巨大な駅となっていった。無性に行ってみたい町となった。それから六、七年して、これは、計らずも実現することとなった。

東京の学校に行っていた私は、余りコルネットを吹きすぎたためか、肋膜炎であると医者に言われた。ろくに吹けもしないやつを抱えて、火の見やぐらにのぼったりする程、熱の入れようであったが、濕性よりも悪性といわれている乾性の肋膜炎と言われ、慌ててコルネットを止めてしまった。そして福島の喜多方市に伝道に来ていた外國の宣教師の家に、二週間ばかり静養に行くことになった。ペンシルヴァニアン・ダッチと呼ばれ、気さくで、粗衣粗食を平気でするといわれている家系のこの家族は、快く私を迎えてくれた。郡山から磐越西線に乗り換えると、一月の中旬であったから、車窓には、深々とした積雪が見られた。宵闇の中で、ぺっちゃんこに凹んだ弱々しい月が、多少青味を帯びて空にかかっていた。盤梯山の頂きが星々の間に横たわって、幼い頃、絵本の中に見た野口英世の生家の背景と一寸も変わらないことを確信した。私の心は若松に飛んでいた。私なりのイメージのつくり上げた若松が、私を大歓迎してくれていた。だがこの期待は、もののみごとに砕かれてしまった。薄暗い電灯の光の下で下車した二、三人の客を除いては誰一人立っていない淋しいホームが、私の心も知らず眠りこけていた。弘化四年生まれの曾祖母の背中を、ふと想い出した。いくら肩をたたいてやっても、ぐっすり眠りこけていたあの老婆。肩たたきが了ると、驚いたことに、彼女はちゃんとそれを知っていて、ひょいと小遣いをくれたものだった。

それも一銭、五銭を貰っていた頃に、五円札、時には十円札を差し出したものだ。

「いいよ、そんなにたくさん貰うと叱られるから」

その頃は、何故、大おばあさんから小遣いを貰うなと言われたのか、全く理解出来なかった。それで、しわくちゃの眼を涙でうるませながら「けんちゃん、ほら、とりな」と必死に言う老婆を尻目に遊びに飛び出してしまったものである。死期の近いのを知って、貯えたかなりの現金を、全部有効な方法で使いはたしてしまいたいと願っていた老婆の気持を、今頃やっと理解しはじめてきている。祖父母もとうに死んでしまって居ない。

この老婆は、肩をたたかれている間、眠っているようだったが、決して眠ってはいなかったのだ。ちゃんとすべてを意識していて、私が出ていく頃には、小遣いを用意して、握らせようとしたことから、それが分かる。若松の駅も、恐らくは目覚めているのかもしれない。唯、私の画いたイメージとは程遠い、老いた存在であるだけなのかもしれない。私が気付かないだけで、無言でもってしわの間の眼をうるませて「けんちゃん」といってくれていたのかもしれない。とにかく若い私は失望した。ここでも、丹念にたたまれた十円札を受け取らなかった。この失望の念いは、全身に響き、喜多方駅に車で迎えにきてくれたカフマン氏に会った時は、まともに口さえ利けなかった。私に持たせろといって運んでくれたスーツケースを眺めながら、私の顔は蒼白だったに違いない。彼の私に対する第一印象は、私が余程体が悪いと感じたことであった。私は、この雪深い町で、二週間近くを実に温かくもてなされた。スターリンの死を、ここで池の緋鯉を眺めながら聞いた。電灯のない頃、日本にやってきて、大阪の方で教鞭をとりながら伝道の半世紀を日本で了え、この地で死んだギレスピーという婦人宣教師の書斎を日中、私の過ごす場所として提供された。カフマン氏の住んでいる家の離れのように造られたもので、老木の下に閑静なたたずまいを見せていた。白い雪の上を、点々と赤いものを垂らしながら走る何処かのスピッツ、交尾期が来ているらしかった。そこで、カフマン氏の二人の男の子達に、口から出まかせの勝手な作り話をしてやっては笑わせたり昂奮させたりした。俺の英語も、満更ではないぞと心ひそかに念いながらしゃべり続けたものだ。ウエノさんどうして日本人なの？　と長男の方が、しきりに父親に尋《き》いて困らせていた。本当にそうであるということには、たいていの場合、妥当な証明が見付けにくいものである。いいかげんなもの程、決まりきった、如何にもそうらしい証明法が用意されているのである。それで、証明の完全に出来るもの程、疑わしいというパラドックスも成り立つわけだ。あんなに英語を話せて、どうして髪の毛が黒いのと父親に尋いている。「上野さんはね、一生懸命勉強したからだよ」と繰り返し繰り返し父親は言っていた。この滞在中、モーパッサンの作品一冊と、何やかや三冊位読んだ。それ以外の時間は聖書だけにずーっと惹きつけられていた。聖書に比べたら、モーパッサンもヘチマもない。日本の過去百年の文学作品など、落語を聴いているのと大差のないことが分かる。

ヘンリー・ミラーの『ネクサス』の第一行目に出遭うまで、私は聖書に匹敵する文学はあるはずがないと信じ切っていた。この町に来て、先ず最初にしたことは、本町通りに出て薬局を探したことであった。二、三種類出された体温計の中から一番高価なのを買った。それを入れるケースの格好までいちいち気にしながら、買った。それに、体温と脈拍を記入出来る、大きなカードを手に入れた。一か月間使えるようになっている。呼吸数も記入するようになっている。肋膜炎と言われて多少滅入っていた私も、生来の凝り性を満足させると、例えそれが、その病気に関することであれ、ご気嫌であった。まるで子供が、長らく欲しがっていたオモチャを買って貰ったような気分で帰ってきた。だが、それからは、夕食前体温を計っただけで、あとは二度と使われなかった。グラフカードは、全然、手が付けられずに了った。その頃、結核で寝ていた十七才の娘にせっせと手紙を書いていた。これは一日として忘れることはなかった。彼女の方からも、実に美しい筆跡で、たいてい七頁から、時には十四、五頁の手紙が来た。私も、一日最低一頁は書いた。それに、日記は何年かずーっとつけていた。つまり、書くことは私にとって、呼吸みたいなものだった。この娘からの便りが、こっちの予定していた日より一日でも遅れると、不安と焦せりで何も手につかなくなった。病状に対する危惧《きぐ》、私を忘れてしまうんじゃないかという不安、それは、肋膜炎よりはるかに悪質な病気であった。彼女こそ、私の今の妻である。あれは、東京の教会を去る時のことであった。大きな北海道の地図を買ったり、北海道に関する地理の本等も集めて開拓の夢に酔っていた頃であった。長らく、牧師として教会の中にとじ込められることに飽き飽きしていたのであった。北海道の関係支庁から色々な助言、それもたいてい、開拓といっても、北海道のそれは牧歌的なものではないから、充分考えた上で決めて貰いたいという、私達の開拓計画に対して、否定的な手紙が殆どだった。それで、手っ取り早く、栃木県の那須高原に近い開拓部落に、実際に行ってみた。そこには終戦を機に開拓者になった老牧師が居て、彼とは良く知り合っていた。彼は、戦前は満州に大きな教会を持っていた。終戦で一切を失い、四人の子供を連れてこの開拓部落にやってきたのである。生まれは関西だが、彼の妻はこの部落の近くで生まれた。その頃、いくらかの開墾した田畑と、三頭の乳牛を持っていた。家の中は、改造して、一と部屋を、小さな教会堂にしていた。しかし日曜日に集まる信者は、せいぜい二、三人だと言っていた。一度、外国から日本を訪れた牧師が、この小さな教会に来て、近隣のクリスチャン達に話をしたことがあった。私は通訳を頼まれて来たことがあったが、集まった殆どの者はクリスチャンではなかった。外國の偉い先生から、農業や文化生活に関する話を聴かせて貰えるといった案内でやって来たのだった。老牧師は、集会の終りにあたって、これからはいつでも御出下さい。庭に咲いている花は皆さんの為に植えているのであって、来られる方は、自由にお取りになってよいのです。といったような内容のことを、もみ手をしながら言っていた。そして、その合間には、そこに集まった人たちが私はトランペットが吹けるのだが、今はそれを買う金がない、何とか祈って貰いたいとか、息子達を何としてでも、神の御用の為に上の学校にやらなくてはならないが、今はそうした経済にめぐまれてはいない等といったことを、しきりに外國の人々に言い寄った。それを皆、私の通訳を通して言わせるので、私はいささか頭にきた。祈ってくれというクリスチャンの表現は、金をくれということと同意語なのだ。そういったことを体験していながらも、なお、この部落に開拓者として入植しようとしたことからして、どれ程私が、形式化された教会から離れたがっていたかが判るというものだ。それだけではない、老牧師が、あかぎれの手をこすりながら話すことによれば、近くに、もう一人の牧師の開拓者が居るということだった。彼は、伝道の為、山道には是非なくてはならないと、教団本部の方に請願して、自転車を一台貰ったそうだ。それを売り払い、県からの助成資金もごまかし、実際に開墾してもいない他人の土地を係官に見せて、不当な金を巻き上げているということだった。後にその土地が、実際の持主の手で係官に見せられた時、ひと悶着《もんちゃく》あった。彼はその金を、みな酒代にしてしまうらしかった。赤ら顔の、押し出しは仲々良い中年男であった。

こうした開墾地に入ろうとして、再三ここに話し合いにやって来ていたが、それは、私の教会に関する人々には内密のことであった。事がはっきり決まる迄は、言わない方が良いと思っていたのである。北海道のように、実現しないかも知れないからであった。事実それは、実現しなかった。開拓をしながら読書三昧の生活に入ろうとしたことは、今にして思えば、他愛のない夢にすぎなかった。恐らく、入植していれば、私は最典型的な失敗者になったはずである。私には、百姓の経験は一度もない。田園に囲まれた宿場町に小学生時代を過したということ、それだけが、何とかなるという妄想に等しい自信を私に与えていた。とにかく、山程ある書物だけが、大半を占める私達夫婦の家財道具であったが、それらを、教会堂の一角にある事務室に、ところせましと梱包して積んでおいた。そして、世話になった宣教師や他の人々にこれからこの事を打ち明けようとしていた。ほぼ、私達の入植は可能だという見通しがついていたからであった。

突然、血相変えて自動車を降りてきたのは、この教会の為に最も尽くしてくれた宣教師夫婦であった。私を見損ったというのである。いつ出ていくのかと荒々しく言うので、こちらもぶっきら棒に、二月十二日だ、と言い返した。それで、両者の間には、何もいうことがなくなってしまった。十日の夕方のことであった。しかし、翌十一日、それはみぞれまじりの寒い夕方であった。武蔵野は一面、びしょ濡れであった。濡れてぐにゃぐにゃになった電報が届いた。開拓地の老牧師からであって「十二ヒ、クルコト、ミアワセヨ」これが電文であった。教会は、明日は出なくてはならない。トラックもその手筈になっていて、変更は出来なかった。開拓地で、来ることを断わってきても、こっちは出ていかなくてはならない。丁度、人間の誕生に似ていた。周囲で歓迎しようがしまいが、親達が金の工面がつかなくて、病院に入れようが、入れまいが、そんなことは、胎児にとっていささかも問題ではないのだ。赤児は、勢い良くおぎゃあーと生まれ出る。私達は、アメリカ人の家族が教会に置いていったセパードのビンキイと、純黒のスパニール犬アリーを連れ、妻がトラックの助手席にアリーを抱え、私が、山と積んだ荷物の上にビンキイと一緒に乗った。北東の風は冷たかった。

一時間も、吹きさらしの荷物の上にうずくまっていると、体の半分が感覚を失っていった。行く当てはなかった。しかし、とにかく出発しなければならなかった。午前九時、教会の近所の人々が手を振って別れを惜しんでくれた。車は動き出した。全く行く当てのない旅に向かって、予定通りの午前九時に出発した。しかし、行く当てはあるのだ。人間の浅薄な予定や、計画の中になど入ることの出来ない大きな計画があるのだ。私達は、不安におびえながらも、寒さに凍えつつ、その巨大な予定地に向かって進んだ。赤児の誕生のように進んだ。

この歴史上稀にみる壮挙を控えた数日前、私は五年間、妻との間に書き続けた書翰の束を、教会裏の大きな焼却穴のそばに担いでいった。リヤカーで運びたい程の量であった。先ず、二、三の束をほぐし、一枚の封筒に火をつけて投げ入れた。それから二時間近くもかかって、そこに運んでいった一切を焼き払った。その中には五冊の日記も含まれていた。今、私の手元には、大きな角封筒に入りきるだけの手紙しか残されていない。厖大な量の大半は、この大壮挙を前に灰となってしまった。

「おい、けんぼう」

再び肩をゆさぶられる。体は凍え切っていて、前よりもひどい。口はこわばっていて自由に動かない。話しかけてくる人の顔よりも先に、改札口の上の大時計を見上げる。十時五分を指している。背後の男が誰であるか、私は分っている。それは父なのだ。不思議と何の感動も湧いてはこない。半年ぶりに会う父に、十才前の少年が、何の感動も感じないのだ。

「寒かったろう」

父は明らかに感動している。こんなに遅く迄、一人で迎えに来ている息子の姿に打たれたらしい。私のちぐはぐな心は、冷静そのものであって、はっきりと、それが読み取れるのである。勉強のこと、祖父母のこと、秋の台風の被害のこと等を色々とたずねるのだが、私はそれに対し、最少限の言葉数で、電報のような返事をする。ひとこと一言に百万円の値が付けられているような返事をする。父はそれを、一寸も意に介せず、駅から真直ぐ歩いて、宿場の大通りに曲る、大同銀行の前にくる。この銀行は、いつも死んだような建物であって、実際には使っていないんじゃあないかと私は疑っている。年に一度の宿場の祭りには、この銀行の前に、威勢のよい大道芸人が立つ。それ以外は、いつも犬の小便の匂う廃屋のような建物である。

キリコの絵画の中を思わせる。父と並んで歩く宿場町の通り。夜の空は冬だ。星が凍てついた紫の空に封じ込められている。幼い私の心は限りなく孤独だった。西風の

宇模永造

私のコーカサスは誕生した

おさまった冬の夜は関東平野の淋しい神話である。年末の数日を賑わすこの宿場町の祭りは「いたどまち」といった。一寸すましこんだ小学校の教師は「いたど祭《さい》」などと言ってもいた。いつもなら野良犬とちんばの男と米俵を積んだ荷馬車が通るキリコの街道なのだが、「いたどまち」がやってくると、大通りは大道芸人や露天商のにわかづくりの店でぎっしりと埋ってしまう。祭りのあとの淋しさはたいてい、台風一過のあとのような晴れた空と烈しい西風の中で実感される。人々は、その時、無口になる。サーカスの一団が去っていくうしろ姿が、日向《ひなた》にうづくまっている猫の目に映る。柿の実が鳥についばまれ、栗が子供達の手に握られ、凧が傾いた電柱にひっかかっている。私は、両親と祖父母の間で孤独になっていく。救いようのない内面の孤立。私の傍を歩いている父親は、もはやそこにはいなかった。彼が私に向かって何を話しかけてこようとも、私は確実に独りであった。幼い私を周囲の者は口数の少ない子供だと言った。だが、それは違っていた。私は一人ぼっちだったのだ。

「けんちゃん」

　ゆすられて目を覚ます。体は凍え切っていて、まともに口が利けない。隣り部落に住んでいる中年の男で、三つ口を手術したあとが特徴的な笑いをつくる。よくあちこちでこそ泥をやるので、皆が油断ならないと言っている男だが、この男以上に、この辺りの連中はごまかすのがうまい。百匹のキツネが、二十五軒の家に住んで、干納豆を噛りながら、嘘を付き合う様は、まさに圧巻である。彼等の噂さにのぼる時、百人がことごとく、世界最大の、しかも、史上稀れにみる大馬鹿者であり、重罪人となってしまう。彼等のつくりだす悪人達を処刑するのに適切な刑罰は、未だこの地上では一度も考案されてはいないのだ。

「どうしたんだ、誰を待ってんだい」

男は、どう見ても悪人ではない。不思議だ、この男の他、三人の客が待合室を出ていく。汽笛が鳴る。七時四十七分の汽車が動き出す。待合室に火の気は全くない。ガラス窓が閉まっていても、入口と改札口は、開け放しなのだ。改札口の真上にある、大きな時計が秒を刻む音をかなり大きくしている。

　コーカサスの田舎、これは十才頃の私が無性に憧れた土地であった。あれはたしか、ビョルンソンの『森の処女』で、三上於莵吉が訳したものであった。新潮社の大正七年の版である。祖父母の家の、店の裏にある部屋は、本が沖積層の断層のように積まれてあった。私は、その中から、化石か各時代の土壌の標本を採集するように、一冊一冊本を引き抜いては、頁を開けたものである。ビョルンソンのものは、その中の一冊であった。ノールウエーのゾルバッケン（日向が丘）に住む人々の物語りは、不思議と、私の中のコーカサスの風景と結びついてしまった。冨山房で出した大正十五年の最新世界洋図の中で、私のコーカサスは誕生した。地勢図と國境、鉄道を色分けしてある地図が並んでいるこの地図帖の中で、とりわけ、地勢図を私は好んだ。亜細亜州《あじあしゅう》之二図とあるものより亜細亜州之一図の方がはるかに良い。一図は地勢図であり、二図は國境別の地図である。欧羅巴州《ようろっぱしゅう》之一図では、亜細亜州之一図よりも、はるかにコーカサスが私の眼に接近してきた。東西をカスピ海と黒海に挟まれ、南北をロシアとアラビヤに挟まれたこの地方に私は熱病患者のように憧れた。ムンクの表現的な絵のように、つんと天に突き立っている杉の森のようなもの、恐らくそれは、何処かで見た北海道のポプラ並木の写真の残像が脳裏にこびりついて二重写しになってしまったのだろうが、とにかく、実に好いのだ。その林の下の薄暗がりの中を、山と積んだ小麦か何かを曳いていく馬車。老いた農夫は、言葉を忘れたようにうづくまる。

彼等の家は、ビョルンソンの小説の中の農家と一致してしまい、私の幼ない体は、熱病患者の肌のように、鳥肌立った。そこに行けるなら死んでもいいとさえ思ったものだ。こうした衝動の背後には、別段これといった理由は何もなかった。理由のない憧れだけに、本当のものであったとも言える。同じクラスの小娘に抱いた衝動、従兄が東京に戻ってしまったというので、体中の気力が一ぺんに抜けてしまった生理と、全く共通のものであって、それらには、理由が何一つ有りはしなかった。無いだけに本物でもあったのである。生きることに理由がないという事実、これこそ、我々に生きることへの激しい衝動を与えるもととなる。理由のついている行為は、一寸した障害や、挫折で簡単に中止出来るし、忘れることも、変更することも可能なのだ。私は、インクのもれているペンを、白いシャツの胸ポケットにさした時のように、こうした衝動に閉口しながらも、しばらくは、それから逃れることが出来なかった。この衝動が冷めていったのは、丁度、初恋の傷が癒されるのと同じプロセスを経なければならなかった。甘美にして、痛み多く、永久に癒やされることはあるまいと感じながら、徐々に癒やされていった。

もう一か所、私が、何らこれといった理由なくして憧れたのは、それからずっと後のことであるが、会津若松市であった。あれは映画の中であった。それも、ニュース映画であった。詩人、土井晩翠が夫人と並んで大写しになった。二人とも紋服で如何にも満ち足りた表情をしていた。其の頃、我々はまともに物を食べてはいなかった。一と足、映画館を出れば、異様な商人達が通りに変てこな店を並べていた。新聞紙一枚敷いて、その上に古本十冊位並べてたり、自家製醤油の元などと大書して、塩水に色をつける為のカラメルを売ってたりしていた。中には、親の罰よりよく当る等と大声張り上げながら、おそまつなルーレットを開帳しているのも居た。手製の台の上に厚紙を敷き、その上に、ローソク立てのように、釘を一本上向きに立てただけのルーレットである。釘の先端にうまく載っかってくるくる回転するようにした針金を細工した矢印形があって、それを指先で左右どちらへでも良いから、ぐいっと押してやればよい。くるくると廻ってやがて止まる。厚紙の上には色々な言葉が書かれてあって、当り外れが決まるという趣向である。くしゃくしゃの十円札が男の手に渡されると、このルーレットはグルグルと廻りはじめる。いかを焼く匂いと、映画館の中の管理のよくない便所が、ここ迄匂ってくる。ルーレットは十回廻される。人々は映画の中に飛び込んで、しばらく自分を忘れようとした。すすけたスクリーンは、それでいつも雨を降らし（古い映写フィルムによって起こる現象）ながらも、緊迫感に満たされていた。ニュース一本、映画一本なのに、七十円払って観にくる人々が、時には、向うの四つ辻迄、列をつくって並ぶようなこともあった。のっぺりと、間の抜けた俳優達の顔が、この時代には不釣合に、栄養のたっぷりとれた肉付きをしているのをスクリーンの中に観て、人々は自分のやせた体にうるおいを与えていたのだ。リンゴの歌は悲しみの歌だったし、一連のブギウギは苦しみを忘れる為の狂乱でしかなかった。

中年の陸軍大佐が、でっぷりした赤ら顔で、俄か仕立の女郎屋からにこやかに出てきた。進駐軍専用の女郎屋で、いつも、ませた男の子達は、窓のすき間から中をのぞこうとした。果して、それが本当かどうか知らないが「俺は、やってんの見ちゃったぞ！」などと言って、乾涸《ひから》びた顔をニヤリとさせる奴も居た。やさしい本一頁読むのに、二十回以上も単語を引き、しかも、文法はあやふやといった、市内にある専門学校の学生達は、〝通訳〟と黒地に白エナメルで書かれた腕章をして街角に立ち、女郎部屋に配属されたものだった。中には、全く外國語に弱く、殆ど米兵の言っていることが理解出来ないで、唯、イエス、イエス、ノー、ノーとつぶやいていたのも居たが、当惑し、怒り出すのは若い米兵達だけであって、食い足りない日本人達は、それで充分安心が保証されていた。通訳がついている、それだけで米兵は、無謀なことをすることはあるまいと安心したのである。

中年の大佐は、十八、九の色白な美しい日本娘を抱くようにして記念写真を写させた。それは、女郎屋の建物が背景となって、如何にも日本的な雰囲気を与えた。この女も娼婦だった。一人街を歩いていたら、大家のお嬢さんといった感じの美しい女であった。将校付きの娼婦であると教えてくれたのは、女と一緒に部屋に入る前に、ポイッと投げつけられたガムをクチャクチャ噛んでいる専門学校の学生だった。この学校の生徒達は碌に英会話もできなかった。それでも、まるで英語の分らない土地の連中からみれば、いないよりはましであった。大日本帝国万歳の声が軍歌と雑炊に混っていた八月の空気に、英語と、甲高い遊女達の声が入れ替った。一つの大きな芝居が了った。ヘルメットをぶっつけ合っているアメリカの兵隊達。どこでもらったのか人参を手に、それをボリボリ噛りながら足早に通り過ぎていく彼等。私の自転車はすぐにチェーンが外れた。どろんこの道で動かなくなると棒片れを拾ってきて泥を落さなくてはならなかった。天理教の婆さん達が、無心でもなさそうなギョロギョロした目付で踊っていた。腹の中はいつもからっぽだった。駄菓子屋の店頭にはやせこけたむく犬が一匹、吠えることも忘れてうずくまっていた。夜の帷《とばり》の中にこわれかけた電蓄が『センチメンタル・ジャーニイ』を流していた。

ダイヤモンドでさえ炭素のかけらだ

「彼は、やっぱり三千円位にしないとやっていけな言っていうんです」

車椅子の中の友人は、同人誌のことで、私にこう言った。はじめは四人ではじまった季刊誌である。雑誌を出そうじゃあないかと言い出した男は、既に息が切れはじめている。はじめは年二回がやっとだと言っていたのが、今度は、それも危なくなってきていた。『新限界』誌の事務所になっている車椅子の友人の下に、ここ一か月ばかり、全然顔を出さなくなっているのだ。この男は、かつて『新限界』に加わり、びた一文も出さずにそっぽを向いたもう一人の男に向かって、たかが千円位で友情を捨てる気かと豪語したことがある。そして今度は自分が、五千円をごまかそうとしている。この男から、何としてでも負担金を取り立てようというのが、仕立屋をしている男であるが、同人の負担金を三千円位にしないと長続きしないと今度は言い出したのである。

「やっぱり、こうなることは分っていたな。大体があの男の加われる筋合いのものじゃあなかった。唯、五千円の金の為にちやほやしていたが、それさえなければ……

一体あの男の存在は何だい」

私は吐き棄てるように言う。続けて
「それじゃあ、止めてしまおう、同人誌なんか」

明らかに気分を悪くしていた。車椅子の友人は、それに就いて何も言おうとはせず、唯、沈黙が広がった。もう一人、同人誌とは何の関係もない、至って気のやさしい男が我々の傍に居合わせたが、彼の前では、何事でも安心して話せるのである。

やがて車椅子の中から声がして

「こうなることは、当然なんですよ。私達のしていることは、余りにもあの人達からは、かけ離れているんです。第一、彼等は私達のように、これに生命を賭けてはいません。体《てい》のいい趣味なんですよ」

「そうすると、二人だけになってもやる覚悟がないと駄目だね」

「そう、そうなんです。二人になってもやれるようにしておかないと安心はなりません」

「もし、そうだとするとうかうかしてはいられない。若い連中、そら、あの熱心な青年達を、何とか仲間に入れなければ駄目だね」

二、三、文学に熱心な青年達が我々の周囲に居た。彼等は今、負担金が払えないのどうのと言っている連中と比べたら、雲泥の差だ。人生と直結した意味で、私は彼等に何かを期待している。私はすかさず、

「そうなると、ずい分、同人内部の空気は変わってくるね。文学に対する熱意が違

うもの。今迄は、正直言って四人集った時でも、殆ど人生や文学に就いては話すことがなかった。第一、そういった雰囲気になれない何かがあった。合評《がっぴょう》会の折りには私も招いて下さいと手紙をくれた人も居たが、私達は、いつも会っているから取り立てて合評会のようなものはやらないと返事したことがあったが、結局、こうしたでたらめな内状を知られたくなかった為さ。あの若い連中を加えれば、話はずっと違ったものになる」

「これが『新限界』の試練ですね」

「そう、そうですね。それにしても、その中に載せられている作品という意味ではなくて、『新限界』そのものが何という恐ろしい存在なのだろう。これに近づく者は、決してごまかしていることが許されないんだな。『新限界』に我々が熱を入れないうちは、お世辞と、口先だけのうまい付き合いが出来たが、これに打ち込むようになってからは違う。それだけに、『新限界』は妥協を許さぬ純粋なものなんだな。とにかく、二人だけでやっていく事を考えていないとつまずく」

「そうです、恐らく先生のことを皆、理解してはいないから、こういうことになるんですよ。こんなこと、先生なら気を悪くしないから言えるんですが、結局、同じ金出して、多く書く者と書かない者がいるということに不満なんですね。私はむしろ、先生のあの力強い文体を載せることに意義を感じているんです。誰だって、一応は、先生の文体が、何かあると分かるんですよ。心にギクッとくるものがあるに違いないんです。でも、それだけで、そのあとには信頼が伴わないから、〝ああは書いても〟とくるんですね。とにかく、彼等には読むだけで、心に響きはするけど、それ以外のものとはならない。つまり、読者なら、それでもいいんですが、一緒に本を出していくとなると話は違う」

「その通りだ、同感だね。我々は文学以上のものを目当てにしなくちゃいけない。私ばかりじゃない、君もだ。ヘミングウェイの小説が、第二次大戦中、ソ連のゲリラ部隊の教科書に用いられたという事実。勿論、ヘミングウェイ自身、そんな風に自分の作品が用いられようとは全然、意図しなかったに違いない。しかし本物は、そのように思わぬところで用いられるべきもので、単なる小説であって良いわけはないんだ。我々の書く物は、技師達にも、考古学者にも、時には強盗にも示唆《しさ》を与え得るものでありたい。ヘミングウェイのそれのように、テクニックに就いてではなく、テクニック等の支えとなっている精神そのものを強化し、純化し、鋭化し、激化する何かとなるような小説でなければならない。そのようなものを書く我々とは、所詮、ああいった五千円を惜しむ連中は無縁の人間だったわけだ」

「そうです。今迄、こうして一緒にやってこられたということさえ、不思議な話ですよ。それも、五千円の為に、御気嫌取りながらやってきたわけだ。それが、心の何処かで、何かしっくりしないものになっていたわけです。もう、構うことはない、正直に、また純粋になるべきです」

二人は話に夢中になっている。その間、居合わせた気の好い男は帰っていった。

「先生、すみません、尿瓶《しびん》取って下さい」

「はい」

尿瓶を友に渡してから、私も外に出た。中学校の見える、家の裏手に出て、いつものように放尿する。ふと一片の思いが眼先をかすめる。この友がもし、早死してしまったら、ということである。そんなことは、あってはならないのだ。もしそんなことが、私が今の状態のままで起るとしたら、何と悲しいことだ。私には耐えられない。私はきっと大きな庭の中央に、一つの記念碑を造ろう。鈴木孝造と大書して大理石に刻みつけて、日毎にこれと接しよう。私の目に涙が溢れてきた。そんなこと、あってはならないのだ。部屋に戻る。

「今度、山に行く時、あの青年にも良く尋《たず》ねてみよう。同人になれれば良いが」

私は、私の作品の熱烈な読者であり、或る作品等は、十回も読んでくれた佐藤文郎君という、山奥の分校の教師の家を、一週間後に訪れることになっている。実に生命に溢れた青年である。一度は新聞に、或る同人誌の批評を書いた時、この青年を高く評価した。しかし彼は複雑な家庭事情やら、薄給のことやらで、経済的には四苦八苦である。それを、何とか同人にして雑誌の負担をさせようと目論んでいる。

「それにアメリカからは何の音沙汰もないところをみると、あの青年はミラーの前で、出まかせをいったのかな」

一人の日本人留学生が、ミラーを通して私に紹介された。作家志願だという。近くに住む彼の母親からも電話で連絡があり、手紙を出しても良いかといってきたので、待っているといってやったが、一向に返事がない。

「なかなか、いざとなると引っ込んでしまうんですね」

鈴木君は笑う。今度、三千円位の負担金にしてやらなければと主張した男は、例の仕立屋で、

「彼は、やっぱり商人ですね。とるものはちゃんととると言った口振りです」

ここ一か月ばかり顔を出していないもう一人の男から、負担金を巻き上げると言っていたというのである。

「本が出されてから、それを持って行くっていうんです。もし、それで黙って負担

金を出せば良し、出さないようだったら、はっきり言うつもりらしい」

「そう、さすが商人だね。我々だと、口ではかなりのことを言っても、最終的には、そのまま〝出したくない奴は良し〟と、黙ってこっちが引き下るものな、まあ、いいじゃあないか。彼に任せておけば良い。案外、こうした商人的な要素もないと、金銭が絡んでくる雑誌編集等といったものは出来ないのかも知れないね」

車椅子の彼が、少し激したように
「そうは言うものの、どうも、不純なものを感じていやですね。何か負担金を出して貰っている為にちやほやしているみたいで」

「そらそうだ。その気持良く分かるよ。あの男の書くものなんか、まるっきり、我々の熱烈な生き方と違うんだから。負担金以外のことといったら、何のつながりも、彼を引きとめておく理由はないな。とにかく、若い者を励まして、同人に加えなければならない」

急に、私はしんみりとなって、

「それにしても、人間が信頼されるということは素晴しいものだ。いわゆる友達等というものは、当り前に生きていく以上、誰にだって数えきれない程居るわけだけれど、本当の友というのは、一生の間に一人居るか居ないかじゃあないかな。たいていの人は、一人も見つからずに一生を了ってしまう。それは、その人が不幸だというより、その人が真実の友を得る状態になかったとも言えるがね。私にとって、孝造さんとミラーは、本当に素晴しい友だと思っている」

私の顔は熱くなってきた。車椅子の中で、身動きの自由でない彼は、机の前の柱に反射鏡を付けている。外から庭伝たいにやってくる人を見ることが出来るようにである。私は、その小さな鏡の中に自分の顔をみた。眼鏡越しに目のふちがうっすらと赤味を帯びていた。自分でも気付かぬうちに、私は泣いていたのだ。はじめて、一と粒、涙が左の眼のふちから溢れて頬に一糎ばかり流れ落ちてとまった。むずかゆい。私は、そのまま話しつづけた。明らかに、車椅子の中の友も泣いていた。二人とも、言調は一寸も変わらない。唯彼は、不自由な手で眼をこすり、私は、私らしくない不自然な沈黙を、時折、言葉の間に交えていた。厳粛なひとときであった。

「そう言われると、とても恥しいです。ミラーは先生にとってそうかも知れないが、私は、唯のずるい男なのかも知れません。先生にくっついていて、その巨大さにくっついていて、やがて甘い汁を吸おうという、けちな根性なのです」

「ああ、そうかも知れない。しかし、武士は、自分を知る者の為に生命を捨てることが出来たんだ。そのように、巨大だと信じていてくれることが素晴らしいのです。

ミラーだって、ミラーの偉大さはそりゃあ、その作品を通して、大いに私に励ましとなったでしょう。しかし、私が言いたいことは、ミラーが私を信じてくれたということです。一人の人間、一切の社会的なものを忘れてそういった人間ミラー、友人ミラーに、ものすごく励まされるのです」

「ああ分りました。それなら、私も同じです。先生を信じています。いや、先生の書く物をよく読んでいる人は、誰だってそう思うようになるんです。しかし、そこからは尻込みをしてしまう。恐らく私のことを馬鹿だと言うでしょう、まわりの人々は。しかし、私は信じます。その点なら、誰にも負けません。先生が何かになるということは、明らかなんですから。唯、それまで、どれくらい待たなければならないかということですが。私だって、このまま一生を肖像画描きで了りたくありません。何か、生きた者にふさわしいことをやってみたいですよ」

彼は、明らかに、私に賭けてくれている。人間にとって、友人のこうした態度を確認出来る位素晴らしく高められ、励まされることが他にあろうか。

「ありがとう、孝造さん。こうなったら、呑気にしていられませんね。何度返されてもいい、私の書いたものを片っぱしから出版社に送ってみましょうか。戻ってくるのを覚悟で、返送料を付けて送るんですよ。出版社はくさるほどある。一つの作品を順ぐりに回したって一年位充分かかる。それに第一、若い才能のある連中に、お前達は才能があるが、経済力が伴わなくて惜しいなんていう間抜けが何処かに居るだろう。青年ピカソに対して、お前の才能は認めるが、惜しいことに会費が払えないから一人前ではないなんていう人々だけが周囲に居たら、今日のピカソは生まれなかったな。パリに放浪したミラーだって、誰だってそうだよ。才能がある、どんどん書くんだ、あとのことは一切まかしておけという立場に立てなくちゃあ、君は、書ける、なんていう資格はないな。そうだ。この際、乙に澄ましていたってはじまらない。大いに恥さらしをやってみよう。そして彼等、才能ある若い連中に、書け、あとは委しておけと言える位になるまで、こっちは先ず、自分を固めておかなければならない。彼等から、びしびしと会費を取り立てて、それでやっているようでは、赤児の口から牛乳瓶を取り上げて吸うようなもんだ。恥かしいことだ。何というみみっちさだ！」

沈黙……

「先生は、恐ろしい、素晴らしい方です。一か所がぺちゃんこにされると、前以上に大きくふくれる風船なんだ。たいていの人なら、一か所、突っつかれると、その傷を癒そうとしてあくせくするが、先生は、そんな傷は一向にかまいやしない。それ以上に、別の面で大きく伸び拡大していくんですね」

「いいことをいってくれた。まさに、私はその通りらしい。私はバケツだ。周囲の者が、穴を底の方に開けたからといって、そこからの水もれを、あわてふためいて直そうなどとは一切しない。水の洩《も》るにまかせている。しかし、その代り、洩る水にまさる大量の水を、上の蛇口から汲み取るわけだ。穴から水が洩れて、やがて水は尽きてしまうだろうと思ってニヤニヤしながら眺めている連中は、腰を抜かすに違いない。ますますバケツの中の水量は増していくから、いくら、周囲で穴を開けても、一寸もびくつかない。ますます水の量は増していく。私は、その点、不死身だ。一本、腕が切り取られれば、その同じ傷口から二本の腕が生えてくる。痛めつけられれば痛めつけられる程、巨大になり、強力になっていく。私は、今迄の経験からも言えることですが、一寸した挫折のあとは、急激な飛躍があるんですね。『新限界』も、ようよう二年目を了ろうとしている。このまま、腰を据えて澄まし込むのを止めさせる為の、好い鞭になったのですね。キリストを殺そうとした人は、この男が死ぬのは、万人にとって良いことだと、計らずも、十字架の贖罪《しょくざい》を予言したことが福音書の中に記されている。つまり、神は、神にさからう人間や、時には悪魔さえ用いて、聖なる予言や、教えを垂れるんだ。案外、今度、彼が三千円にしてくれといったのも、我々にとっていい薬だったわけです。まあ、あの男は、一寸表面は大した景気の良さそうな仕事をしているが、あれで本当は、極く貧しい男なんですね。あんなにいい自家用車を乗り回しているが、実際は、貧しい人間なんです」

「それは分ります。とても、私達の企てていることなんか分りっこないんですね」

「その通りさ、全く。かえって『新限界』が一層純粋になり、巨大になっていく為に、必要な発言をしてくれたっていう訳だ」

「それにしても『新限界』は、決して誰も彼も買って読むような雑誌ではありません。しかし、一たん、この内容に触れてその良さを発見する者には、絶対的な本だ。そうした固定した、わずかな読者がつくと思います。それにしても、一体、最低何人位、固定した読者が居たら、金のことは考えずにやっていけるでしょう」

「そうだね」

私は、鉛筆と紙片を手にして、

「一冊、百五十円として、十冊で千五百円、百冊で一万五千円、まだ百冊だって夢みたいだけれど、三百冊で四万五千円、四万五千円とすると、今のままのタイプ印刷で、百頁前後とすると、平均一万八千円、プリント代と製本代がかかる。それに、それだけの部数だと、五十部で一万八千円だから、三万円はかかるとして、残額が一万五千円、郵送費、雑費を五千円と見て、残りは一万円、五百部売るとすれば、七万五千円、印刷、製本が三万五千円位として六千円位の郵送費も加えて、三万四千円が浮く、事務所で事務、発送、一切の仕事をしてくれる人を一人雇う為に、今の相場で、若い娘を二万円前後で使うとすると、それでも、一万四千円は浮く。もうけなしで、我々が自由に書き、若い才能ある者達に、只でどしどし書かせる為には、最低五百部は売れていかないと駄目だな」

夢は果てしなく飛ぶ。地図と時間と論理は、この領域では、死刑に値する犯罪であり、悪徳である。我々は、時には、一日おき、時には三日おきに会う時、こうして夢をみる。それぞれ別々に居る時も、勿論、夢を見ている。しかし、二人で居る時は、目を大きく開けたまま、お茶をすすりながら、果てしなく夢を見続ける。時には、腹の痛くなる程笑いこけながら、時には涙を浮かべながら、時には腹をすかし、時には心臓の発作で苦しみながら、夢を見続ける。何と素晴らしい人生だ。

外が急にざわついてくる。竹の葉に雨が降ってきたのだ。いつもよりは早くやってきた秋の田園を、二人とも無言のうちに見つめる。沈黙は長く続く。

かつて、この友が心臓の発作で倒れた時があった。その時、居合わせた友人の一人、彼は負担金を払わずに、姿を見せない男であるが、彼はしどろもどろの口調で、私の家に電話をかけてよこした。私は雨の中を自転車で出向いた。病状は、それ程でもなく、ほっとしたが、帰途、その男と話し合いながら、しばらくは、自転車を押して歩いた。それは二人が別れなければならない、四つ辻まで続いた。

「私は、孝造君には感服しているんです。人間がもう一人の人間にあれ程の感化というか、影響を受けるといった可能性を私は信じてはいなかったのです。しかし孝造君は、それを信じるようにしてくれた。上野先生によって、彼は、確かに開眼しています。甦っていますよ。私は、今後の成り行きを、興味を持って眺めたいと思ったんですが、ああして心臓の発作を起すところをみると、もう先が長くないような気もする」

私は、男がそういうのを聴きながら、同じように、もし孝造君が死ぬようなことがあったら、『新限界』はどうしていこうと考えはじめた。仕立屋の男、あれは、常にエキストラで、当てになる代物じゃあないし、結局、事務所をこの男の家に移して、継続しなければならないとさえ考えた。何というおどけた考えだったろう。今にして想えば、私はどうかしていたのだ。あの男に何がやれよう。何一つ実行することの出来ない人間なのだ。唯、口先だけで大層なことをいう道化にすぎない。あの日の言葉だって、心臓の発作を目のあたりに見て、心にもないことを口走ってしまったに違いない。

『新限界』は、上野と鈴木だけのもので、この二人のどちらが欠けても、一応は姿を消すだろう。新しい出発をすることはあっても、一応は、旧来の姿は消えていく。あとの連中は、これに生命など賭けやしない。唯、表向きは、大層なことを言っていながら、内心、いくらかでも損をすることのいやな、乞食野郎の集まりなのだ。書くことですら、俺はこれぐらいに物事がやれるのだという、一種の虚勢を張った行為であり、見えすいた見栄なのだ。唯、負担金があるばっかりにちやほやしていたのだが、あ奴ら、最低、子供達が口にしている、脳味噌無しの人間なのだ。いや、人間ではない、ロボットである。この二年間、真剣な『新限界』の仕事を始めて以来、彼等とは深い付き合いになったのだが、一体、人生に就いては愚か、文学や芸術に就いて、いつ本心からぶっつけ合うような交わりをしたことがあろう。不思議と、一度も、そんなことはなかった。彼等は、生命はおろか、キンタマさえついてはいなかった。青痰をひっかけても、へのへのもへじ面をにこにこさせている、かかしも同然な連中である。

「先生、そういった意味では、私も、これでかなり先生の感化は受けているんですね」

何を吐かす！　この大嘘つき奴！　私は何度か、彼の面前で「君は未だ生まれ出ていないのだ。早くそうなって貰いたい」と単刀直入に言ったことがある。しかし、その真意は、彼には汲み取れなかっただろう。汲み取っていたならば、この厳しい私の言葉に対して恨みを抱いたはずだ。或る者は、私の厳しい言葉によって生命を見出し、或る者は怒り出す。ひと口に人間といっても、何と差のあることだろう。

「よーし、これで心が定まった。何とか原稿を、何処かの出版社に送ってみよう。それにしても、みんな最近の作は、包装紙にきたなく書かれたものばかりで、読みずらいし、驚くだろうな。原稿用紙に清書すれば良いのだが、さて、それにはずい分、時間がかかるな」

「いや先生、あのままで好いんじゃあないですか。かえって、あのままの方が好いと思います」

「そうだろうか……、そうなら、ずっとやり易いのだけど」

「大丈夫ですよ、問題は内容ですから。あの内容を読んで、きっと賭けてみようという出版社もあると思いますよ」

「うむ、そう信じよう」

「私は、以前、先生の作品はずいぶん先にいかないと認められないと思っていましたが、そうじゃあなくて、今の時代に受け入れられるものなんだと感じるようになってきました。世の中は、今、そういう過度期にさしかかっているんじゃありませんか。私は、そう信じたいな」

「糞度胸でそう信じようか、仕方がないから、あっはっはっは」

私は、笑いながら、かつて、私の書いたものに就いて、現代の作品だと言ってくれた一青年の言葉を想い起こしている。

「それに、孝造さんも、どしどし書かなくちゃいけない。どっちが先に、何になっても、必ず、片方を引き立てることを忘れちゃいけないもの」

「いやあー、そうっ言ってくれるのは有難いですけど、たとえ、私は何も書けなくなっても、この『新限界』を続けていくということに意義を感じているんです。先生の書くものを理解し、理解するったって、先生の言わんとしていることから比べれば、ほんのわずかな部分ですが、それが出来るということに意義を感じているんです」

「うん、分かる、そう言ってくれる気持はよく判る。しかし、君も是非書くことにファイトを燃やしてくれなくちゃあ困る」

雨がひどくなってきた。私は続けて、

「有難いことだ。こういうことがちょいちょいあってくれることは、我々にとって、実に有意義なことなんだ。これがなくちゃあ、偉いことを口にしながら、尊大に構えて、やることをやらないでいるからね。誰かが認めてくれる迄待っている等というのも、一つの妙ちくりんなプライドじゃあないかな。私はそう思うな。こういう風に、一寸した挫折のあとは、必ず飛躍なんだな、私の場合。挫折が大きければ大きい程、次にくる飛躍は大きいんだ。紅海を前にしたイスラエルの民ですよ。左右は峨々《がが》たる山々、背後はエジプトの軍隊。しかし、こういう時にこそ、奇蹟を期待していいんだな。しかも、とてつもなくでかいやつを」

「うむ、素晴らしい。そういう信じ方をしている人に敗北はありませんね」

「勿論ないとも」

「痛めつけられれば痛めつけられる程強くなり、巨大になっていく。斬られれば斬られる程、失ったものにまさる数の手足が生えてくる化け物だ」

「うむ、いい表現だね、まさしく我々は化け物に違いない」

「結局、最初から、本当の意味の敗北を知らない宿命を、自らの手で奪い取ってしまった人物なんですね」

「まさにその通りです。そういう人間を、創造的人間と言うんだな。その人が友をつくれば、必ず相手が甦ってしまう。つまり新しく人生をはじめるようなチャンスをつくってやる。もっとも、そうは言っても、それ以前に厳しいテストみたいなものがあるんだけど。つまり、そのような人に近づくと、人は極端に、彼を誤解したり憎悪するようになるか、さもなければ、絶対的に信頼するようになる。その中間がないいんだな。残念ながら、こういった、人間と人間の本当の結び付きは教会内には見られない」

「ええ本当ですね。それは」

「一体、牧師にこの種の信頼を抱いたクリスチャンがいようか。勿論、彼等のめざすものはキリストなのだが、その前に、人間である牧師の、証の言葉を信じる耳がなくてはならない。それがないから。私は神を信じているのかいないのか、自分でも分らないということを反省している……これで充分なのじゃあないのか、などといったでたらめ野郎が世の中に多くはびこる。こういった連中は、文壇とか政界で活躍しているからクリスチャンの代表みたいに誤解されているし、教会自体、これに振りまわされている感じだ。冗談じゃあない。信じるか信じないか、救われるか救われないか、生きているか死んでいるか、の二者択一しかないんだ。こうしてみると、教会内は、明らかに死んだ人々で満ち満ちているんだね。一人として創造的な人間などいやしない。第一、クリスチャンで、一般常識人から憎悪されたなんて話、最近は聴いたこともない。憎まれる時は、いつでも宗派争いに決まっている。情無いことだね。我々には生命がある。日々、一瞬一瞬、創造しているんだね。だから、常識や伝統や公式でもってしても、計ったり測定したりすることの出来ない存在なんだ。非創造的な世の摸範人達からみれば、我々は、教養豊かなんだか、無知なんだか、強いんだか、弱いんだか、聖潔なんだか、悪徳に満ちているんだか、さっぱり見当がつかないわけだ。つまり、彼等が万事を測定している、実に便利な計量器に我々を載せたら、全然計れなかったというわけだ。あっはっはっは……。彼等の計量器は、航空郵便物を計る十グラム前後の目盛りしかついていない。それに対して、我々自体の重量は、トン単位だっていう訳だな。全然スケールが違う。彼等からみれば、我々は存在しないのかもしれない。死ぬことこそ、甦りの為の必須の条件なら、めでたいことじゃあないか。新生なしに、奇蹟も、勝利も、ありはしない。我々の方から見れば、全く、それと同じことが、逆の立場で言える。彼等は、我々の計量器、つまり、トン単位で計る計量器に載せたって、全然、針は動かない。グラムは、一トンの百万分の一だからね」

「その通りだ、すごい」

雨は少し小降りになった。感じが、まるで入梅である。つややかな屋根、一メートル程、地面が沈下した感じだ。

四時半からは学生達がやってくる。英語を教えなければならない。雨の中を自転車で戻る。何ということだ！　後の車輪がパンクだ。近くの自転車店まで歩いていく。雨は容赦なく神経質な私を責め立てる。パンクなどしていなかった。チューブを元通りタイヤの中に戻して、空気を入れて貰うと、全然何ともない。雨の中を一気に突っ走る。一つの革命が体中に満ち満ちていて、それが私の足に力を加える。百二十五CCの排気量くらいはたしかにある。ペダルは軽い。ものすごい食欲。空腹は、私の場合、怒りの後か一大決意の後にのみあらわれる独特な徴候なのだ。

九時。雨の中を若い友人がやってくる。山の中の分校の教師をしている。町に仕事があって来たのだと言う。

「Sから長い便りがありました。彼は、日本文壇なんか一寸も相手にしていませんね、先生」

そうだ、生命に関わる問題を携《たずさ》えている者にとって、そんなものは、豚の餌程の意味もない。かつて、みじめな牧師稼業に従事していた頃、私は、三番目の息子を亡くした一ヵ月目に、ある集会に出席したことがあった。福島県の温泉境でそれは行われた。大層なことを下手くそな弁舌で長々としゃべりまくる牧師達や宣教師達を前にして、私はじーっと息子のことを考えていた。三十分ばかりの間に十以上も俳句をつくってノートにメモしていた。冗談じゃあない。何を偉そうなことを言ってるんだ。私の息子は死んだんだぞ！　間抜野郎！　子供の死をみつめ、あの白くこわばった顔を想い起す時、人間のつくり上げた一切の権威を、長年かかって築き上げた伝統の、無力で意味のないことを知らされた。S君にとって、文壇などどうでもいい、全然相手にしていないからという気持は、それで良く判る。彼は、死と、三十糎の間隔を置いて対決している。鎮静剤を飲み、それに中毒して、よだれを流し、妻に自殺され、可愛い子供には会えず、時折、発作を起こして、三階の窓から身を投げようとしたりする激烈な生活を送っているのだ。彼は、生と死を本当に味わっているのだ。平穏無事な世の亡者どもから見れば、眉をひそめ、陰口のよい材料となるだろう。しかし、私にとっては、実に意味のある人間なのだ。生と死の間に挟さまれてる彼のような人間にとって、文壇も、〇〇賞もへちまもありはしない。歴史は、虚構であるし、権威という権威のすべては虚妄にすぎない。従って彼の文章は、弱々しい知性や、教養や、経験などから生まれたものではない。ましてや、技巧や才能とは全く無関係だ。彼の危機感こそ、彼のあのような生命ある文章の動機であるのだ。世に認められないからといって、文壇や権威にそっぽを向くような連中と混同してはいけない。それとは全く違うのだ。生と死と握手した者のみが味わう、あの、気の遠くなりそうな、人生の虚無感であり、怒りである。それは、白熱化した怒りであって、音を立てもしなければ、華やかさも見せない。しかし、温度は常識外れに高い。これに触れるものはすべて融解してしまう。ダイヤモンドでさえ、炭素のかけらの一つとして姿を消していく。一千万円の正札の誇りも輝きもあったものではない、文明も、知性も、理性も、組織も、伝統も、権威も、何も彼も、生《なま》の前には生彩を失ってしまう。

訪ねてくれた友人は更に言う。

「彼は、一切そうしたものに背を向けています」

私は、アナイス・ニンが彼女の日記の中で、ミラーを、野蛮人と形容しているのを想い起こしていた。丁度この頃、ニンの日記に私は心打たれていたからである。

「恐らく、現代のマスコミに乗るようなことがあったら、我々は、初志を貫き通していくわけにはいきませんね。あれに引きずり込まれたらおしまいです」

「うん、そうかもしれない」

「先生、アグナー・ミクレはどう読まれました?」

「ああ、君がわざわざ持ってきてくれた三冊の中から、先ず『作家の秘密』を読ませて貰いました。君がメモしているあの言葉、一連のフォークナーの言葉は判るね。それに、誰だったかな、ほら、自分の書いたものを読み返して、美文があったらその箇所は削除すると言っている作家は……」

「シムノンです」

「そうだ、シムノン、彼だ。好い点を衝《つ》いているね。音楽だってそうだ。何度か聴いているやつは良いと判るが、初めて聴くやつは、そうはいかない。美文というのもそれで、何処かで誰かが既に使っている陳腐《ちんぷ》なものなんだな。本当の、自分の肉声なら、美文として聴こえるはずがない。美文を並べ立てなければ自分の作品に安心していられない人は、結局、自分を信頼してはいない。自分の内部から沸き上がってくるものに対して確信が不足しているわけだ。これは芸術家にとって致命的な欠陥だな、いや、芸術家と限定する必要はない。生きるすべてのものにとってそうなんだ。生きる、生活するっていうことは、自己の内部から沸き出るものに対する全幅の信頼からはじめられる。権威とか伝統とか組織といったものは、こうした自己の内側に対して抱く不信感が拠《よ》り処としてつくるものなんだね。美文は捨てなければいけない。それにしてもまた、何という巨大な牢獄だろう、我々の閉じ込められているところは。言葉、これのすべては、一応使い古されてしまっていて、自分の言葉になるようなものは一つもなさそうに見える。ガラクタの山から一度も使われていない新品を探し出すようなもんだ。しかし、それが、単なるガラクタの山でないから、可能性は充分ある。我々の内側は、外側に広がる無限大の宇宙よりも、更に果てしなく拡がっているからです」

「判ります先生。それにしてもまた、何と我々の突き破らなければならない壁は厚いんでしょう。西欧の人々と比べたら、この日本に生まれたことが、一つの大きなハンディキャップですね。余りにも突き破らなければならない壁が厚すぎる。この伝統の重みという奴ね、こいつがわざわいしてるんです」

「うん、それは判る。しかし、日本の文学における場合だけが、実際、我々の負担となっているのは、明治以降百年間の文学だけではないのかな」

「いや、そうですけれど、それ以前の、二千年の重味っていうものが、体中にこびりついて、全体として、比重を大きくしているんだと思いますが」

「うん、うん、成程、そういった意味でね。たしかに、そういった、精神性にというよりは、むしろ体質的といったものの中に滲透している負担は否定出来ないね。それでいながら過去百年の文学者達は、一応それ以前のものを否定したところから出発している」

「そうですね。でも最近の人々は、本来、そうした重荷を再び負うようなポーズもとってるんですね。あれと思うような人が、案外なことを書いていています」

「それはいえるね。しかも、いつの時代にも一部において見られる風潮なんだな。

ビザンチン建築と並んだロマネスク建築や、ずっと時代は下がるルイ・タビッド等のようなロマネスク絵画は、その良い例じゃあるまいか。キリコやダリの復古調もまた同じだね。そして、そういった傾向が、日本の場合ひときわ強いというのも、二千年の負担のせいかもしれない。既成のものを突き破るってことは、なかなか容易なもんじゃないね」

「文壇なんていうものが、彼等の会費だけで、営利を忘れた純粋な作品の出版をやってみたらと思うんですが、彼等は、商人達と結託していて、全然、動こうとはしない」

「その点、フランス等では、出版社自体が、フランスの文化の高い歴史と実蹟を遺すという意味で、売れないことが分っているものでも、新書本形式で出すそうだね。売れる本で金を集め、純粋なものは、赤字を覚悟して出すという精神だね。たしかに、そういう点では、日本は、はるかに遅れている。営利条件と併せて、高度な内容といったものを期待されるんじゃ、本格的なものの出る余地はなくなってしまう。我々には、熱烈で、生命を賭けるような共犯者が必要だ。

一連托生で、作家と腕を組んで、全資金を注ぎ込んでみるようなバクチ打ちが必要なんだな。我々の必要なのは、強盗を一緒にやってくれる共犯者だよ。キリストも、パリサイ人やサドカイ人の目には、聖人であるよりは、悪人、社会の妨害者としてしか映らなかった。高いやぐらの上に上がって、群衆の見守る中で敬虔な祈りを捧げたり施し物を貧者に与えるパリサイ人達のようではなく、縄の鞭でもって、神殿の中の商人達の店や、品物を台無しにしたキリストになるわけだ。すべて、本格的な宗教とか芸術っていうものは、これだね。世の中の人々は死んでいるわけだ。彼等に好い気分を与えるってことは、死を肯定し、それを支援することでしかない。生命ある者は、死に真向から対立する。

　眠っている者にとって、目覚めさせようとする者は、憎いんだな。何とも嫌な奴に違いない。しかし、仕方がないんだ。生きている者は、一つの宿命を負っているから。存在するうちは、死を憎み、死んでいるものをことごとく、生命に甦えらせようとする。そうして闘争することが生きている何よりの証拠であり、唯一の存在理由なんだな。その行為が止む時、それは、その人の死であり、存在の消滅を意味するわけです。ところでどうです、何か書きはじめましたか」

「いや、……まだ、……しかし、一たん書きはじめたら、洪水のように書きますよ。しかし、それで、その作品が自分の気に入らなかったら、一生書かないつもりです。自分で書いたものが、素晴らしいと思えないようじゃあ不幸ですからね。人が何と言ってくれようと、それはかまいません。しかし、自分自身で、納得していないというんじゃ、不幸です。こんな惨めなことありませんからね。書くっていうことは、人の為より、先ず自分を幸せにするためでしょう。とにかく、今、私は重大な時期にさしかかっているんです」

私は、これに対して、何一つ言葉をさしはさむ余地を見出さない。

「ミクレの小説、『赤いルビーの歌』、まだ三分の二位しか読んでいませんが、強力な言葉で満ちているね」

私の話は前の話題に戻る。

「難点といえば、やはり、ああした物語りがあるということだが、あれは私の読書熱をひどく妨害してしまう。それは、やはり、君から借りたコリン・ウィルソンの『性の日記』でも同じだな。とても、ああいった物語りには退屈してしまうんだな。もともと私は読書家じゃあない。どちらかといえば、思索を楽しむ部類に属する人間だ。言語を追うことはあっても、筋を追うことは、最近、めっきりなくなってしまった。筋にこと寄せて伝達出来る思想なんてちっぽけなもんだよ。君、もっとも、そういうものが文学だといわれてきた長い時代があったがね。もう、今となっては、目覚めるべきだろうな。たいていののろまでも」

「そうですね。読書っていうけど、結局、自分が共鳴出来る言葉を追求し、探索しているにすぎませんね。私なんか専らそうです。何ていうか、励まされるとか、勇気付けられるような……もっと厳しくいうなら、生命が増し加えられるような何かを求めているんですね」

「そういう訳だね。その点、私などは、いわゆる読書家じゃありませんね。第一、驚く程、寡読《かどく》です。むしろ、読んでいない事の方が好いという面も、多いんだけどね。本は、我々に死に絶えた言葉を押しつける。何か、気の利いた表現に出遭うと、それに感心させられるばかりか、やがて何か書こうとすると、そのような表現が無意識に出てきてしまう。これは明らかに敗北だね。そういった状態に置かれては、創造的な作品は全く期待出来ないね。我々はもっと盲にならなければ内側の声は聴きとれない時代にさしかかっている。盲目の走者になるという事は、恐ろしいことだし、また勇気の要ることだが、敢えてしなくてはならないようだ。それにしても、ミクレは素晴らしい作家には違いない。この訳者は、英文から訳している人だが、この作家はノールウェー人でしょう」

「長らく、アメリカに留学していたようですから、或いは、英語で書いたかも知れませんね」

「それに、ノールウェー語やフィンランド語じゃ、世界の舞台には進出出来ないね。日本語、これもまた、ずい分ハンディの大きな悲運の言語といわねばなるまいね」

「タイプライターからうなりを生じて書かれたというような事を、高名な批評家が言っている位ですから相当の反響はあったようですね」

「それにあれは何頁だったかな、最初の方の文章だったが」

私は、机の上からその本を引き寄せて
「ここだ、〝双脚の火山〟のはじめの方の一節ね。時間に関する文章、傲慢ないい方かも知れないが、私の『皮膚呼吸』という作品（新限界一巻二号）に似ているんだな、ああいった言葉の堆積というか、洪水といったものにひどく打たれてしまうんだね」

私はそれを読む。

「人間が理解出来るものや、把握出来るものは無数にある。しかし、時間は大きな謎だ。時間と運命と永遠。常に、時間の謎にかえる。わたしがこの数行を書いている時も、読者が、それを読んでいる時も、地球は宇宙を回転し続けている。我々は三十秒前には何処にいたのであろうか。人間は、時間の流れにただよう浮草である。この時間の謎の狂気からの救いは、神の信仰の中にはなく、時たま時計を見ることにある。勿論、時計とは、悲しむべき欺瞞《ぎまん》の道具であり、ノールウェーで見る時の示す時間と、日本で見る時計の示す時が全然違っていることは、我々の良く知っていることである。我々は、腕時計や柱時計がなければどうすることも出来ない。時計の文字盤と長短二本の針によってなされる表面的な保証がないとすれば、我々は死んでしまうに違いない。補足し難い空漠さと〝時〟の不安の中に突き放されるに違いない。時計が秒を捉らえて、我々にそれをさし示すように、芸術は永遠から瞬間を捉らえて、固定してしまう。時間にストップをかけるものは、死を予測している。だが他の者が生きる為には、死を予測している。だが、他の者が生きる為には、誰かが死ななければならないのだ。瞬間の一つ一つこそ、二億年という年月を結果するのだ。丁度、蝿が死に場所を求めて飛ぶように、年月は刻一刻と過ぎ去り、一秒々々は、一切の時間の窓となるのだ。」

沈黙、他の頁をめくる。

「春は約束である。だが、それよりも前に、先ず要求である。無茶な、不可能な、苛酷な要求である。何故なら、その一年の終りを、その始めのように、華やかで壮大なものに保っておく事は誰にも出来ない相談であるからである。春は、我々に負わせられた要求であって、しかも、我々がそれを果すことの出来ないことを、ちゃんと心の中で弁まえている要求なのだ。それ故、春は残酷であり、春に、人々は涙をさそうのである。」

「こうなってくると、なんですね、文学とは、強力な洞察力と直感に依存したものだけしか認めないものになってきているんですね。こういう文章に出遭うと、日本の一流文学が、小器用な子供だましに見えて仕方がない。社会や、時代から完全に目を塞《ふさ》ぎ、耳を抑えてしまった状態にあって、なお、時代の代弁者たり得る見者《けんじゃ》としての何かが期待されなければならないんですね。知識でも、経験でも、年令でも、環境でも、時代でも何でもないんだ。唯、本人の奥深くに眠っている直感が引き出されなければならないという訳です。そういえば、最近読んだんですが、かつて牧師をしていて、今は占星術の研究をしている男の説によると、あのチェロの大家、パブロ・カザルスも作家のヘンリー・ミラーも、共に山羊座の星の下に生まれているんだね。この男は、占星学を信じたというかどで教会を追われているんだ。教会という、あの妙ちくりんで巨大な怪物、教会というやつは、キリストとは本質的には一寸も関係がないんだ。本格的な人生を歩もうとする奴は、必ず、不信仰だと吐かしやがる。能無しの臆病者だけが安住出来るところだね、ああいった領域は。大体が、どんな宗教だって、その組織は同じようなもんさ。そして、カザルスとミラーだが、両方とも、自己の内奥の声に聴き従うことでは一致している。カザルスは、ライフ誌のインタヴューの中で、そうはっきり言っているし、それを読んだミラーも、その切り抜きを〝私も全くこの音楽家と同意見だ〟と記した手紙と一緒に私に送ってくれた。恐らくこれは、エマーソンをはじめ、セオドア・パーカーといった神学者、社会運動家や政治家のウエブスター、それにウイリアム・チャニング、アモス・ウオルコット、マーガレット・フラー等の影響を、直接的、間接的に受けているね。つまり、極度に発達した物質文明に対する、精神性の追求であり、それによって当然、生じなければならない人間性の独創性、人間の神格というものの認識に、密接に結び付いたわけだ。そうしたニューイングランドの思潮風土の中で、エマーソンは、人間に内在する至上霊を唱えた。言ってみれば、カザルスやミラーの内奥の声に聴き従うということは、この至上霊に従うことなんだな。つまり、我々は、社会から超絶していて、なお、社会の必要な発言をすることが出来るっていう訳だね。そして、その言葉は、常に予言的であり、啓示的であって、神秘に満ちている。サルトル等の言う、いわゆるインテリ層の、社会アンガージュマンによって、その折々に発言する言葉とは大分違うんだね。サルトル等のあれ、知識人の社会における責任なんて、全く、百万冊ある教科書の一冊にすぎないわけです。そんなところに堕ちこむことと、宗教組織の中に身を委ねておくことは、実質的にいって、殆ど変わるところがない。一生涯を、宗教のあいったままごとの為に棒に振る程、私はいかれていないし、社会参加をして一生を過す程、無欲ではいられないんだ。こんな、眠っているようなぼんやりした私の人生だが、もう少しは、ましなものだと信じたいね。私が体裁をつくり、よそゆきの表情と言葉で葬儀の列に並んだり、祝いごとの席に加わって好い気になっている姿が想像出来るだろうか。私自身、絶対に不可能なことだ。私には、そういう性質の一端が完全に退化してしまっているんです。それだから、そういった、こまごました人間生活の機微《きび》を掴んだ小説やら何やらを書こうたって、到底無理な相談だ。私には、火星人の要素しかないんですよ。唯、生きる、生命がある、生物である、同じ宇宙に住んでいるといったつながりのみで、根源的な事を発言する以外に何も出来ることはない。だから、自分自身に百パーセント依存しているような人の発言や文章なら、ひどく私の心を打つんですね。牧師あがりの占星術の男が、千九百八十六年に最初の海底住人が出現する等というと、それをひどく信じたくなり、それに、関わりたくなるんですよ。千九百八十八年には、二十世紀後半最大の芸術家が出現する等と予言すると、さて、その年の私の年令は、などと指折り数えたりするお目出たい男なんですね。自分が言われているような錯覚に捉らわれてしまうわけだ」

十時。

「あらかじめ自分の中にあるもの、そういったものを引き出すにすぎないんですね」

友人は、私の長い言葉のあとを続けて更に言う。

「そして、そうした、自分のものといったものは、全く、技巧や経験などと無関係ですね。ベルレーヌのもとに行ったランボーは十代の青年でしたが、その頃、既に名をなしていたベルレーヌの方が、彼に色んな示唆を与えられていますね。十九才の折に、『地獄の季節』ですか、あの詩集を自費出版してから、ぷっつりと筆を絶ちますね。その詩集さえ、火中に投じたといわれているんじゃないですか。それから彼はアフリカに放浪するわけですが、彼の詩集がパリの心ある人々に読まれ、多くの影響を与えているとは、とうとう死ぬまで彼は知らなかったんですね」

「何という皮肉だ！」

私は怒りをこめて、

「ランボーだって人間だ。もし、自分の作品が、そのように読まれていると知ったら、或いは、詩に戻ったかもしれないね」

「ランボーの場合なんか、まさしく、経験や技巧じゃありませんね。自己の中の何かを忠実に聴きとるということ、それは同時に、その人間の外側の、宇宙の何かに感じ入ることでもあるわけです」

「その点、ロートレアモンも同様だ。こうなってくると、我々は、何とつまらぬ、末端的なことにあくせくしていることだろう」

「全くです、先生!」

八十ワットの裸電球の光の中で、言葉が飛び交う。十一時が過ぎる。

あれは、例外中の例外だそうだ。系統など、全く実在することのない虚妄にすぎない。百万人の人々の中から、一人の特定な人間の血を少しも汚すことなく受け継いでいると思っている大馬鹿野郎共! 政略、虚栄、伝統、因習の強力な支配力の下で、意地汚なく男と女が結びつき、或いは、本人達の意志に反して一緒にさせられた連中が、それでも、性交の瞬間は、うめき声をあげ、息をはずませて血を分け合っていく。我々は、伝統と虚栄と因習の奴隷達が行灯《あんどん》の光の下で、かびくさい布団をゆすりながら受精させられた恥多い子供なのだ。それが生意気にも、しゃらくさく、組織をつくり、権威をもてあそび、一人前に背広を着込んで葉巻をくゆらす。アイロンの利いたズボンの下では、口から出る文明の匂いの強烈な言葉に反して、精液が、いつも、半ば洩れているのだ。香水をふんだんに振りかけてしなをつくる婦人達のパンツ。

死にかけている医学生の下手な水彩画

私は、もはや、牧師でも先生でもない。唯の、狂える人間である。麻薬患者か同性愛の人間か、有能な医者か、地理学者か判らないような、激烈な、バロウズの書きっぷりを見て、感嘆する人間にすぎない。大洪水のような、ミラーの言葉に、押し流されていくイルカなのだ。同じように、押し流されていく他の小船に向かって、競争をして楽しむイルカなのだ。ロートレモアンのように、私は、自己のパリの中で、両親とはなれ、一体、どのような生活を送ってきたのか、そして二十四才で死んでしまったのか、判然とはしていないのだ。死因も、死んだ下宿先も分ってはいない。とにかく、私は、ずーっと若い頃、死んでしまったのである。

バロウズが「死にかけている医学生の下手な水彩画の風景」と書く時、胸を締めつけられ、ミラーが「彼は、じっときいている。彼は交感神経組織をもっていない一個の大きな耳にすぎない。彼は真理以外の何ものにも不感症である。」と書く時、喜びにあふれ、ロートレモアンが「彼は十七才と四ヶ月……ミシンと洋傘との手術台の上の不意の出遭いのように美わしい」と書く時、こんちくしょうと叫びたくなる人間にすぎないのだ。彼等の書くものは、ことごとく、生命にあふれ、力に満たされ、これ以上の美は他に考えられないのだ。美文であるというのではない。思想が美しいというのでもない。こちらに伝わってくる感動が、綜合的にいって、まさしく、疑いなく、確実に美しいのである。

私は、男の方を向いて、

「あなたは、とにかく、私の最初の読者だ。これは、私にとって、記念すべきことであって、決して忘れることが出来ない」

といった。私は続けて

「私達の間の関係こそ、本当の意味で交際といえるだろうな。人間同士の交わり、特に、本格的に孤独な人間の交わりは、両者を限りなく豊かにするわけだ。普通一般には、交際というと、必ず金銭がつきもののようだ。この裏付けがないと、人は見向きもしない。だが、本当の交際にはそれがないんだな。何も、交際だけじゃない。万事に就いて言えることだよ。それは。つまり、人間にとって、真実のもの、創造的なもの、生命に直結するっていうようなものは、全く、文字通り金銭に左右されないいんだな。また、その逆を考えて、金銭が調達されないと途中で挫折してしまう。平和運動とか、社会活動、宗教活動、ああいったものは、例えどれ程、大義名文がたてられているとしたも、本物であるはずがないよ。だから、資金集めの腕のある党員や、宗教人なんていうのは、ありゃあ、インチキだよ。本格的なものは、キリストのようでなくちゃあいけないし、ギリシャの哲人みたいであるべきなのだ。それで、私は、絶対に、そういう、資金がなくては捉進不可能な運動、乃至は行為を創造的とは一切認めない。本当のものは、今、その気になりさえすれば、この場で実行できるものではないだろうか。幸せは金では買えないとか、金銭に対する欲は汚れているとか何とかいいながら、行動は、決して口先と平行していない。いい気なもんだ、現代の宗教ってやつは。資金なしには一歩も進めない政治、あんなものは、文明の残滓《ざんし》、最低のものだよ。人間、金銭に関わると碌なことにはならないんだな。しかし、地上二米の領域の生活が、万事、金でまかなうようになってきているので、金の為にはせっせと働かなければならない。旅行するんだって、歩いていくには、余りにも、文明が、それなりに我々に期待するものが大きい。ここから東京迄、七時間で行かなければ、すべてのスケジュールは無意味になるようにつくられている。もし、裸で大通りを歩けば、例え、キリストやシャカ程の愛と慈悲の心を抱いていたとしても、文明はその人を罰するだろう。忽ち、精神病院送りになる。我々は、自由に生活することを許されているようで、実は、一寸も自由じゃあないんだな。フロムの『人間における自由』を読んでみたまえ。人間は未だに、中世の頃の農奴と全く変わることなく、自由を奪われた生活をしている。さしづめ、あの頃の封建領主は、現代の、イデオロギー、民族感情、民族意識等に置き換えられるだろう。我々は、その下で、何らかの形で忠誠を誓わせられ、酷使される。我々の耕やしている土地は我々のものじゃあないわけだ。すべて、封建領土が、戦功の恩賞として王様から貰ったものばかりだ。我々農奴は、そうした領主達の受けた恩賞の有難味を、とくと領主に納得させるため、汗水垂らして、増し加えられた領地を耕さなければならない。イデオロギーが発展していけばいく程、人間は、負担を多くしていく。私は、それで、農奴である自分の立場をキッパリと否定する訳だ。つまり、ルネッサンスだよ。自己発見であり、人間発見をするわけだな。そして、その結果、自分の不当に置かれていた農奴という立場に怒りを感じはじめる。それに対して、封建領主は厳罰をもって迫ってくるだろう。多くの予言者や、真の宗教人や芸術家は、それを、いつの時代にも、じっと耐えて来た人達ばかりなのだ。何処か、かなり身近かなところに、本来、私自身の所有であるべき、ひと握りの土地があるはずで、我々がぼんやりしていた頃、たくみに、領主の名義に変更されてしまったという訳だ。旧約聖書を開くと、神は、人間に、王を立てることを望まれなかった。余りにも激しく、異邦人の真似をして、王の出現を望んだので、イスラエルの民には王が与えられることになっている。つまり、サウロ王がそれだ。その前は、師士という名で呼ばれた、神の意志の代行者、代弁者が万事指導をした。セオクラセイ（神権政治）が行われていたわけだ。人間の上に王の立つことを私は決して認めたくはない。第一、不自然だし、不格好で仕方がない。天皇や、王様等といったアクセサリーは、未開地の人々には、ぴったり似合うのかも知れないが、我々には、少なくとも、私個人には、決して似合わない。そう確く信じている。人間は、誰も、自分を自分の王に仕立てれば良いのだ。そして、それこそ、まさしく、その人間にとって、利害関係の百パーセント一致した、善良な慈悲深い王であることに間違いがない。全くないよ。王と人民の利害関係が一致するまで、苦悩は、つねに人民の負担となってのしかかってくる」

また、ひとしきり、俄雨がトタン屋根をたたいた。雨の間をすり抜けてくる微風には、メロンの匂いがしめっぽくしみついている。新聞記事の大きな見出しが「狂わせたナス一つ。」ナス一つのことで嫁と姑の間で惨劇が行われたのだ。夏の野菜はたたしかに狂暴であり、テレビは異常に熱してきて、部屋中を、ますますむし暑くする。

うちの息子はしごきで殺されたと訴え出た父親。七人が交通事故でめでたく、天國にパスした次第。横田という最高裁判所長官が定年で退職したあと、後任に、別の横田が選ばれた。

「ガスタンクって何だか分かる?」

幼い児の問いに、大きい方の息子は何も言わない。小さい方が一人でしゃべりまくる。三つ頃まで、口のまわらなかった子供だったのに、今では、全く、しゃべりすぎる位になってしまった。

「くさいおならのことだよ、ハハハハァー」

精液スチュー

明治、大正、昭和と、ばかに長く生きのびている老人が、なかなか学があるので、支那服だか何だか分らないような身なりで、しゃべりまくる。

「ただ一寸気にかかることは、今のインテリとかエリートとか言われている連中が新聞雑誌で言っている事柄は、あまりにもヨーロッパ伝来の思想の受け売りで、しかも、英米流の生活の現実に即したフィロソフィーでなく、〝大陸思想〟と呼んでいるドイツ的の表現で、言っている本人にも訳のわからぬような、昔の江戸っ子の言う、いわゆるチンプンカンプンだが、これも幸いなことには、現実の日本文明に貢献している人たちには、文字通り、チンプンカンプンなので、多数の日本人に何の影響もなかろうと思えば、そう心配することもない」

彼の尻には、余りにも多くしわが寄りすぎ、臭い屁はまともに出てはこない。ただ、やんわりと、食後の人々の鼻腔をくすぐり、昨夜の性交の匂いを想い起させる。もう二度と勃起しないぐんにゃりしたペニスのまわりでうろたえている屁の練習生達。私は、隣室の息子の弾いているピアノの音に合わせて、馬鹿でかいやつを一発、発射する。これを聴いて、しかめつらをするのは、内容のない非創造的な奴らだ。生きている人間は、大きく、深呼吸して、私の肩をたたいてくれる。

タンゴのリズムに乗って、今程は太っていない二十年近くも前の私が、娘の腰に手をまわす。靴は、その頃流行した皮製のサンダル。ステレオもハイファイプレーヤーもなく、電蓄という、雑音のザラザラ混入した音楽が汗ばんだえり元に流れ込んでくる。あの女はいやに香水の匂いが強すぎた。私は、ジルバーは踊れない。ブルースにタンゴに、ルンバにフォックス・トロットならいい。彼女の髪の毛の間に色の違った空気がたち込めていた。私には、いつも、一つの事に凝ってしまう短所乃至は長所がある。ダンスは私にとって、女を抱いて、そのアトモスフェアーを楽しむだけのものではなくなってしまい、夢中になって、ダンスそのものを抱きしめるようになる。十二時近く、最後のダンスは、薄暗いホールの中が一層暗くなり、凍りついてしまうかと思われそうなスローテンポでブルースが流れる。どのカップルも、皆チークダンスだ。私は、まるで、でくのぼうみたいに、電蓄の方に来て、一人突っ立っている。私は、そんな〝性〟に最も近い状態で踊る時、相手がいないのだ。女達は、ぴったり圧しつけられた腰をもて余している。男達の手は、女達の体を虫の触手のように這いずりまわっている。こんな時、夢精は、最も合法的に発射される。女達の月経バンドは、血以外のものでビチャビチャになる。

「おい君、これみろよ」

夕風に当ろうとしてホールの蒸し暑さの中から通りに出て立っていた私は、鼻先に突き出された指を見た。彼は、私と同級で、根っから勉強が性《しょう》に合わない好々《こうこう》男である。のっぺりした顔、彼の額は、一種、独特の生え際《ぎわ》をしていて、まさしく、あれは色事師のそれだと、私は勝手に決めこんでいた。

「どうだい匂うか」

何も匂わなかった。唯、細っそりした彼の指が闇の中に浮いているだけだった。

「俺、あいつとやってきたところだ」

そういえば、彼は、三十分程、街角でタバコ屋をしている家の娘を誘ってダンスホールから姿を消していた。

「小学校の中でものにしちゃったよ。でっかいな、あ奴のは」

その娘は彼の肩程の背丈の小女であった。そう言われて、彼の指先の匂いを、努めて想い返えそうとするのだが、正直いって、一寸も匂わなかった。耳元で、突然、轟音が響いて来た。何かの手違いで、ヴォリュームを最大にしてしまったらしい。『カプリの島』がタンゴで奏でられているのだ。音量が元通りになり、ホールの中からもれてくるのを耳にした時、それが分った。

アメリカの兵隊が二人入ってきた。馬鹿でかい体で、娘達をそれぞれ抱いた。ダンスは、日本のたいていの若者がするのと同じように、全くでたらめであった。私は、で、ダンスの教師になってみないかと言われた位、ダンスそのものにある程度熱中したので、ダンスを正式にやった人間とそうでない者は、組んだ瞬間に分かる。ピンとくるのだ。正式にやれない人は、背が丸まっているし、ステップがごつごつしていて小さい。本当のダンスは、胸を出来るだけ反らし、ステップは、なめらかで、しかも大きい。二、三のステップで、普通の大きさのダンスホールなら、端から端まで行ってしまうのである。指が匂うかと誇らし気に言った男は、専ら、あっちの方のダンスがうまい。一寸踊っては、その相手を外に誘い出して、本物のダンスをやってしまう。タバコのやにで、若い割に歯が真黄色。ヒロポンも多少、常習していたこともあったようだ。男のズボンの内側には、あの小女の性器が精液にぬれたまま陰毛をこびりつかせてぶらさがっていた。あの女は、恐らく、それで、いとも陽気な気分になって家に帰ったことだろう。何しろ、股の内が清潔だから。リンゴの芯抜き器でえぐりとられたようにがらんとした見捨てられた倉庫である。女の匂いは一寸もしやしない。人間の匂いも。ねずみ達の小便とペスト菌の騒々しさと、無責任な船乗り達の置き忘れていったダッチワイフと、未だ使われていないコンドームが一ダース転っているだけの環境である。それに反し、男の内股には自分のものだけではなく、あの小柄な女のオルガスム迄ぶら下っていて、うめきさえ、まだ、完全に止んでしまったわけではない。それでも、彼は至極平気なもので、次の女と、チャカチャカと、自己流のでたらめダンスをやる。ドロドロした男の内股が本能的に、意識を超えた感覚でもって相手になる女の体にじかに伝わっていくので、瞬間、はっとして、男の密着してくる体から離れようとするが、次の瞬間には、彼女の膣の方も、しめり気を催して、まんざらでもなくなる。二時間前、本を読んだか何かして、たまらなくなり、便所で外陰唇をこすってきたばかりだ。まるで、流れ星を見る位のあっけなさで、快感が下腹を通過していった。その直後、いつものように感じる重苦しい罪悪感も、男の手が背にまわった時にはすっかり消え去っていた。『ラ・クンパルシータ』が百日咳病みの老婆のようにわめく。そして踊り手達は、精液をこぼしそうに若く、青くさいのだ。女達の陰部は、常に高潮しており、慢性眼症の老人の眼のようにうるんでいる。間違いなく陰毛の二、三本は、ちぢれたまま、外陰部にへばりついている。白濁したゼリー状の花模様のような飾りが馬鹿に匂うのだ。

そうした女の中に、ばかにでっかいのも居る。メカさんと、皆がこそこそ言っていたが、それがこの女であった。どう見ても四十才以下ということはない。白粉《おしろい》が、茶色いブラウスのえりとアンバランスの緊張感をつくっている。腰のまわりが、小娘達の倍はあろうかと思われる。ステップ毎に、足の肉がぐいぐいと迫ってくる。古城の天守閣から外してきたような分厚い樫の木の戸板を抱きながら自転車のペタルを踏んでいるような、極度の異和感と息苦しさに音楽が聴こえなくなる。

「あなた、まじめね、そんな風にやれば、きっと、来年のコンクールには入賞位出来るんじゃあない。いくつ？　他の人達とあんた、やっぱり違うわ」

　彼女のステップは堂に入ったもので、大きな体さえ気にならなければ、申し分ないパートナーである。

「おいメカさん、何か言っていたな？　何んて言っていた？」

　例の、指先に女の匂いを染み込ませたと得意気になっている男がそう訊いた。彼が、あの大女を前々からつけ狙っていたことは、薄々分っていた。しかし、彼女はメカさん、つまり、請負業をやっている中年男の妾であった。そのくせ、何処か気取ったところがあって、たやすく人と口を利かないという噂だった。一見、女学校の先生のようなタイプの女であるから、女の方で無口にしていれば、勝手に、声をかけようとする男の方で、そう考えてしまうのかも知れない。急にテンポを変えて、『センチメンタル・ジャニイ』がゆるやかに流れはじめる。

「おい、何んていったんだ。まさかお前を誘ったわけじゃあるまいな、へへへっ――」

　私は、一言も応えず、別の一人の女の手をとっていた。真赤なスカートがひらりと舞って彼女は立ち上がった。向うで大女のメカさんは、キリギリスのような男をしっかり抱いていている。口は利いていないようである。外の通りで、二た言、三言、英語の言葉の切れ端と、勢いの良いエンジンの音が聴こえる。さっきのアメリカ兵の二人が帰るところらしい。

第三章 孤立という名の完璧な構え

直接見たもの感じたものではなく、心の裸のままの存在を捉えようとした。つまり、わたしは心の奥底にオルガンをひそめているのに気づき、そのオルガンを弾き鳴らそうと考えたのだ。

《アレクセイ・ヤウレンスキー》

氷河期は突如としてやって来た

氷河期は、百万年前、突如として地球の全面をおおった。それで多くの有史前の生物は絶滅した。大洪水は、ノアの眼の前で突如として起こった。これらは風化作用とは全く異なる、全く異質なものなのだ。氷河時代や洪水には一つの意志、一つの触手、一つの眼、一つの舌、一つの性器がついていて、まさしく、意図的であり、何かを求め、何かを凝視し、何かを味わい、激烈なオルガズムに達しているのだ。生命のたしかなものは、それに触れると、益々生命を増大させるが、自己の存在に、定義付けや位置付けを行っているようないい訳じみた奴らは、植物であろうと動物であろうと片っ端から首根っこをねじ切られていくのである。シオの虐殺はまさしく展開する。生命を増大させていくものと、それとは正反対に、虐殺されていくものとの違いは、空中の気流の違いである。二機のグライダーは、同じ太陽の光の中で、同じ地上に影を落として飛んでいる。しかし、決して二機並んで飛ぶわけにはいかないのだ。目には見えないが、それぞれのグライダーが身を委せている気流は、全く別々のものであって、気流同士は、接近する時、はげしく対立し、憎み合う。それぞれの気流の中では、交尾期でありながら、雌犬の性器の匂いは雄に届くことがなく、雄が猛り狂って走りまわっても、雌の背後に達することはないのだ。我々は、万事、星座の中に組み入れられた星々にすぎない。一度だって動いた事はなく、位置を変えたこともない。直線で結ばれる星座表の中で、忠実に生きる。直線と直の交点、それは、中学生の簡単な幾何学の学習では、仮にP乃至はQという記号が付けられ、そこからは、必要に応じて補助線が引かれる。弦に垂直に交わる中心からの直線は弦を二等分する。円周角は氷河期の氷のかけらの冷たさと気脈を通じていて、常に、中心角の二分の一なのである。同一の弧から作られる円周角は、恐龍達の糞の匂いのように、円周上のどの点においても等しいのである。うれしいじゃあないか、私の狂ったような優雅な文体の小説を是非読みたいと、わざわざ東京から手紙をくれた人が居る。そうだ。私は、疑いなく、地上全域はおろか、火星や水星の微生物共の為にも、せっせとペンを運んでいるのだ。オンアボキャーベーロシヤノマニハンドラジンバラハラバリタヤーウン………。私の口からは読経の一部が、底の抜けた桶からこぼれる水のように原稿の上に流れる。一体、御経って何だい。豚の鼻の穴程の意味も私にとってないのだが。ピタリと音楽が止んで、ザラザラとレコードのかすれる音。もう針を取りかえなくちゃいけないな。鉄針は、二枚に一本位の割合で取り換えなくてはいけない。恐らく、三枚か四枚、取り換えずにかけたのだろう。それでレコードは、昼間見ると、きっと白っぽくなっているにきまっている。十一時丁度である。近所の時計店からボール箱一杯貰ってきた歯車やゼンマイやらでつくった彫刻は、『九時二分過ぎ』という題がつけられている。また、副題には、Le temps de horreur et terreur（恐怖と不安の時間）とつけられてある。永遠に九時二分過ぎを指している針（英語などでは、針とはいわずに手と呼ぶ慣わしになっているが）は、固く固定されていて、動くことは決してない。しかし、それは、光の速度に入った物質が体積を失い、時間を失くすのと同じ領域に入り込んでいることも間違いがない。光の速度に乗った物質は、その瞬間の時間を永久に持ち続ける。どんなに暴れまわり、精液をほとばしらせても、若さは衰えず、時計は、ときをきざんで、こちこちと鳴っていても、針は動くことがない。氷河期は突如としてやってきた。繰り返していうのも厚かましいようだが、洪水もまた、ノアの眼の前で、突如として起こったのだ。突然『夜来香』のルンバがかかる。俄然、ホールの床は、パタパタとタップの音でうるさくなる。女の匂いが強烈になる。スカートの下から舞い上って男の鼻をくすぐるのだ。

「リヤス式の海岸は美しいな。どうだい、あの入りくんだ断崖の浪打ち際。それに松が生い茂った様は、まさに日本の美の象徴じゃあないか」

だまれ！　お前達が、無責任にそういう溺れ谷は、一億年かかってつくり上げられたものなんだぞ！　きのこ、特に毒きのこは、雨の降った晩など一夜で生えてくる。男根もまた、粗製乱造の象徴である。意気込んでいる男も、それで本当は、一億年かかって形成されたりリアス式の海岸に恐れをなし、一メートル立方位の劣等感に悩まされている。女のそこに指が触れただけでも「これを見ろよ」と言いたくなるのも無理はないな。酸っぱい潮風は、男達の永遠のあこがれであり、すたることのない神話なのだ。未だこの辺りの海図は一度も作られたことがない。ヴァスコ・ダ・ガマも、マゼランもコロンブスも未だ船出してはいない。精神病院の女患者の病棟の傍を歩いてみるがいい。未だ夜になってもいないのに、宵闇の気配さえあたりにあらわれはじめれば、彼女達のベットはきしみはじめる。彼女達は、一様に肉づきが良く、脇の下の毛は黒々と繁茂している。下腹の出っ張り具合いと小鼻に吹き出るぶつぶつは、まさしく、未開の溺谷の現状の証拠である。毛布の下で、彼女達は、内股に手をすべり込ませる。狂気の度合は、無恥の状態に比例し、無恥の状態の進行状況は純粋さと無関係ではない。一ひねり二ひねりするかしないうちに、下半身に嵐が起る。一億年の風化作用のうらみと忍耐が具えている貫録であって、荒浪は高浪となり、津浪となって繁茂する松林を襲い、家という家を押しつぶし、悲鳴は押し殺したうめきとなって担当の若い医師の名などを呼ぶのである。

私と見知らぬ女の間に、いつしか音楽は変わって『シボネー』になり『ラ・パロマ』になり『フレネシ』『サンタフェ鉄道』『アクセントテュエート・ザ・ポジティブ』『ゼア・アイブ・セット・イット・アゲィン』『ポインシァーナ』『アイ・ドリーム・オヴ・ユー』『マンハッタン・セレーナーデ』『ゼア・ゴーズ・ザット・ソング・アゲン』『サン・フェルナンド・ヴァレー』『ワルシャワ協奏曲』『ブラジル』『タブー』『ムーンライト・カルテル』『ストリップ・ポルカ』『ビヤ樽ポルカ』『キエレメ・ムーチョ』『チャタヌーガ・チュー・チュー』『アイ・ゲス・アイ・ハブ・トウ・ドリーム・ザ・レスト』『シングズ・アイ・ラヴ』『タンジューリン』『哀愁のセレナーデ』『スリーピー・ラグーン』『ユー・アンド・アイ』等が、一つの音響、一つの流れになってホールの床を押し流す。時折、そうした熱狂の中に、中國の古びた胡弓のすすり泣くような音さえ闖入してくるのだ。たいてい、十二時近くの夜道には、街灯が二つ三つ灯《とも》っている。さっき、男の指に匂いを残したと、男の頭の中に伝説を植えつけて別れた娘の家は閉っている。彼女があのまま眠れるとはどうしても信じられない。娘にとって何か重大なもの、例えば心臓とか、月経で汚してしまった下着といったようなものを、人目につくところに置き忘れてきてしまったような状態にあるわけだ。

この辺りの暗がりからいつも現われ、消えていくもう一人の娘がいる。背のすらっと高く、恐ろしく体の割に頭の小さな赤毛の少女である。過去を振り返ってみて、私の心を動かしてきたものは、いつも、色素の少し足りなめの頭髪である。そういう女のこめかみ、えり元の生え際程、私を昂奮させるものはない。生まれながらの顔は、恐らく可愛らしいものであったのだろうが、今は、それを想像することすら許されないほどにデフォルメされている。顔半分が火傷の痕でひき吊っているのである。それを出来るだけ隠そうとするのか、いつも長い髪の毛を、肩のずっと下の方まで垂らしている。額も殆ど隠されているのだ。男達はいつも、

「何といいスタイルだ、あの歩き方気に入った」

ロングスカートがピッタリと腰にまつわりついて、裾の方は、ほがらかに歌っている。バックシャンという言葉が本当に使われてよいものなら、彼女こそ、まさしくそれなのだ。ヒロポン中毒で、いつもとろんとした眼球と蒼ざめた皮膚をした男は、彼とはおよそ正反対の明るくエネルギッシュな弟と二人でホールに通っていた。ヒョロヒョロした兄の方は、話をする時、小さな顔には不釣合いな程大きい二本の前歯と、その付け根にある紫色にふくらんだ歯ぐきを見せるくせがあった。その紫色は、ヒロポンを打つ時、ガーゼにこびりつく土気色の血液の滲みを連想させるものである。或る夜、ホールに来る前に、この気弱な兄は弟に言った。

「俺は、あの女が好きになったようだ」

弟は、既に何人もの女達と関係しているベテランだったから、ニヤニヤしながら、うぶで、童貞の兄貴の顔をのぞき込み
「いいじゃねえか、やりなよ、やってしまいなよ、俺が何とか仕組んでやるよ」

兄貴の方は、そういってくれるのを半ば期待していたので、

――「そうか、またやってくれるのか」

「ああ何度でもな、だが、ぐずぐずしていちゃ駄目だ。手っとり早く、な、分ってるだろう」

「俺は、どうも、弱いんだな、気が……」

「俺の真似しなよ、いつも言ってるじゃあねえか、一たん手を握ったら、どんな話をしていても、決して放しちゃいけねえんだ。ずーっと握っていてみろ、その次のことは簡単だ。考えてもみろよ、兄貴。手首からあそこまで、物差しで計ったって一メートル半しかねえんだぜ。時速三十粁の速度で走るバイクなら、五十三分の一秒で達する距離じゃあねえか」

弟の方は、いつも二百五十CCのバイクをふっ飛ばしている。彼等の父親が自動車の修理工場とガソリンスタンドを、國道端で経営している。二人は父と一緒に仕事を

しているのだ。今までも、何度か、兄の好きな女を、弟の方がうまく誘ってホールから連れ出し、喫茶店に入ったり、公園の暗がりの方を散歩したりしたが、兄が、オロオロして、いつも失敗している。その夜二人は、長身のその女を誘い出した。城跡の土堤に続く松林の方に三人は並んで歩いた。長い髪を垂らした娘を真中にして歩いたのである。弟の方が、巧みな口調で、女のあの方を挑発し、頃合を見計って兄と女を置き去りにして、急用を思いついたような素振りで、反対の方向に歩き出した。いい加減、弟の方に手をいじられ、腰を撫でられしていたのでポーっとしていた彼女の体に、兄の冷たく長い手が伸びた。弟は暗がりの中、一定の距離迄離れると、二人を丹念に観察しはじめた。どちらも細っそりとして背が高く、弟の方はずんぐりしていた。別々に、背の高い人間を見れば、スマートにうつるのだが、こうして、二人並んだシルエットは、奇型に近かった。突然、女がこっちに向かって走り出した。

「またか!」

弟は舌打ちをしてから、暗がりで、女のハンドバックを抑えた。手はスルスルと誘導装置に導かれていくように、女の下腹部にすべり込み、半ば開きかかっていた性毛の間の溺谷に落ち込んでいった。二人は一言も口を利かなかった。女は立ったまま、弟の指の動きのリズムに合わせて、細い体をくねらせた。いつの間にか兄は、近づいていて、眼を閉じたまま、松の木の蔭で、女の息づかいを聴いていた。二人は倒れた。

ピエール・ロチのお菊さん。中尊寺の金色堂は、全然、金とは関係ない建物である。胎児は羊水の中で悪夢の前兆のような恐ろしい地鳴りを聴く。震度計は故障していて使用不能。ミラーのレース用自転車がビッグサーの家にまだ健在だ。サルトルの直筆の原稿がスペインの不当な弾圧によって苦しむ人々を救う為に、売りに出された。ミロ展とルオー展の違いは、私が、三十五才と二十六才であったということ。信楽《しがらき》の花器を仙台で買う。肌が好い。何とも言えないうるおいがある。立面をこねくり、いじりまわす時、確かに、二次元の領域に引き戻し、還元することの出来ない可触的な感覚が、一種の判断力、認識力として働いているにちがいない。空間の把握は、グラフィックに行われることは不可能で、あくまで、立体的に行われるべきであろう。二個の単純なものから始められた構成、これは、二個の円から始めれば最も公式的でやり易いが、それは、明らかに、二次元と三次元の領域の、決して相容れることのない、境界線を、不可視的な説明の仕方で説得しようとしている。立体的なモデルの操作が、空間的思考というものを可能にするわけである。それは、創造という段階迄は未だいってはおらず、一種の発見に違いない。

女が弟の下で、はげしくすすり泣く。

図面に盛られている論理的であり、弁証法的な素質を無視することはないとしても、知覚や意識の連続性を超越して、その彼方に突っ走ってしまうことも、この方法の得難い長所である。こうした考えは、或る意味の、自動記述性を具えるかも知れないが、恐らく、厳密に言って、存在するすべてのものは、こうした誘《いざな》いに乗せられて、融合し、分離し、増殖し、滅亡し、強化され、衰微《すいび》していくのだ。

突然、女が叫び声をあげた。沈黙が辺りを重く包み、木蔭の兄の蒼白く長く巨大なペニスはぬれていた。きりりと引きしまった弟のそれは、煮えくり返るような女の体の中ですっかりのぼせ上り、這い出して来てからも、しきりに断続的なけいれんを起し、ドロリドロリと白い吐物を吐いていていた。

「馬鹿だなあ、全く、しっかりしろよ」

弟の舌打ちが兄に向かって責める頃、女は松林から姿を消していた。

兄はその夜、アドルムを多量に飲んで自殺してしまった。パンツの中がねとねとしていたそうだ。葬儀の日には、自動車工場の前に、車の数が少なかった。兄の骨が骨壷に納められる頃、弟の方は、公園のベンチで別の女の尻をさかんに撫でまわしていた。彼の手が女の体に触れると、ちゃんと恋人のいる女でも、あそこがうるおってくる。熱くなってしまうのだ。

ダンス・ホールが百メートル先の方にあって、音楽が、けしかけるようにじゃんじゃんわめき立てている。真昼間からそんな気分になっても、どうなるものでもない。ホールの中は空である。夕方からのパーティの為に、盛んに、宣伝の音楽をかけている。彼の肩の上に毛虫が一匹落ちた。入梅に入る直前、桜の木の下にいるといつもこうなんだ。女は、あわててベンチから飛び退いた。ジープが滑るように眼の前の公園の横断道路を走っていく。女の体は、急激に冷えていく。

「じゃあまたね。あたし今から洋裁学校に行かなければならないのよ」

「ああそうか」

兄の紫の歯ぐきを思い出しながらホールの方に向う。

黒松と赤松の違いは何だっけ？　かれいとひらめ、幼児用の英語の教科書には、いとも簡単に、フラット・フィッシュとでていた。しかし、難しいラテン語の学名はともかく、もっと別のはっきりしたいい方があるはずだ。ひょうたん、しそ、どじょう、なまず、――英語で言ってみた。ごぼうや山いも、こんにゃくの英語の言い方を知っているような気になる間抜け野郎……。だから私は、こうも限りなく創造的なんだな。わかる様な気がする。

ドイツ兵の一隊が規則正しく刑場にやってくる。隊長はピストルを高く空に挙げる。

彼等の前には、目かくしされた囚人が一人、うなだれている。密輸入をやって、しこたま財産を作ったという男。それだけが殺される理由である。どうも身体つきがベトナム人か朝鮮人のようである。一瞬、轟音と硝煙が立ちこめ、男は縛りつけられた柱の後方にのけぞって、がっくりいってしまう。私は、いい知れない恐怖に包まれ、一間程離れた、二つの異った家を行ったり来たりする。一つは、宿場外れの祖父母の家であり、一つは、妻や息子達の居る現在の家なのだ。たった一間位しか離れていないのに、その途中、何度、必死の思いで身を隠すことだろう。至るところに、私を断罪し、殺したくてたまらない奴等がうようよしている。幼ない頃親しくしていた貧しい農家の風呂場は、格好のかくれ場所であって、ドイツ兵達は、決して、ここまで調べにきたためしがない。垢臭い風呂桶の底に、私は一つの夢をみる。広大な宇宙の夢だ。笑いの夢である。高山植物の夢だ。平地には決してまともに育つことのない高山植物。私は、自らが高山植物であるかのような不思議な錯覚に捉われてしまう。私は、無責任で物分りの良い、平均人達の社交界に決して根付くことのない植物なのだろう。私は、いわぎきようだ。たかねなでしこだ。みずばしょうだ。きばなしゃくなげだ。ぐんばいづるだ。いわよもぎだ。つるりんどうだ。やなぎらんだ。もみじからまつだ。さんりんそうだ。

私の頭の中は、急速に回転をはじめる。ドイツ兵が一寸も恐くなくなる。風呂場の底に顔を押しつけているというのに、不思議と垢の臭いがしてこなくなった。ああ、私は、まさしく、高山植物なのだ。かせんそう、ごぜんたちばな、はりぶき、いわうめ、くまこけもも、はいまつ、うめがさそう、たかねすみれ、りんねそう、みやまおだまき、みやまきんばい、むしとりすみれ、つくもぐさ、ひめからまつ、しこたんそう、こがねいちご、こまくさ、こけすぎらん、みやまひげのかずら、やちあざみ、はくせんなづな、しょうじょばかま、みやまりんどう、えんこうそう、くもきりそう、ひかげのかずら、たてやまりんどう、きんこうか、つまとりそう、まんねんすぎ、まいづるそう、いわかがみ、うすゆきそう、ひめいわしょうぶ、あらしぐさ、みやまやなぎ、うすのき、だけかんば、みねざくら、くろまめのき、おくやまわらび、たかねしだ、まるばぎしぎし、どくせり、こめすすき、みやまこごめぐさ、うめばちも、やまうきょう、いわおうぎ、みやまみなぐさ、みやまうずら、みやまぜんこ、はくさんおおばこ、おおやまさぎそう、いわすげ、しおがまぎく、みやましだ、うらじろななかまど、なぎなたごけ、きたみあざみ、あすなろ、やわずはんのき、つりがねにんじん、あきのきりんそう、いわぶくろ、あおすずらん、ひめいわしょうぶ、たかねとんぼ、やまがらし、ひなざくら、いわしょうぶ、ちどりそう、なんたいしだ、やまそてつ、やまさぎそう、しもつけそう、ほていらん、あやめ、つるつげ、うらじろもみ、のりうつぎ、からまつ、こめつが、きぬがさそう、かにこうもり、やぐるまそう、とりかぶと、やまのこぎりそう、みやましおがま、いときんぽうげ、かもめらん、くろゆり、いわつりがねそう、おさばぐさ、いわひげ、うさぎぎく、みやままんねんぐさ、くもまなずな、みやまはたざお、しろうまなずな、くるまゆり、たかねうすゆきそう。

私は、厳しい岩盤の上で、しっかり根づく高山植物なのだ。優しさは私にとって、全く無縁のものである。どんなに水をかけられ、こやしを与えられ、手入れをされても、平地に移植すれば、必ず枯死してしまう。それで人々が、怒り半分に、枯死寸前の植物を高山の岩盤の上に投げ棄ててきたとする。それでもちゃんと、根付くのだ。一とかけらの土がなくとも、大丈夫である。高山の厳しい気候のみがこの種の植物の生命の糧なのだ。体は小さいが、高山植物は、烈風の中で、しっかり岩盤にしがみつき、夢をみ続ける。実に巨大な夢だ。烈風は、それら夢の一つ一つを引き千切って、世界の果に迄運ぶのだ。単に現世だけにとどまらない。過去、未来の領域に迄突き進んでいく。

おーい、ヴォルス君！　私の夢が聴こえてますか？　フォートリェ君、クレエ君、そして、デオゲネス君、ニーチェ君！　私の言っていること聴こえますか？
おーい、ヘンリー君（ミラー自身、俺のことはヘンリーと呼べと書いてよこしている）
デビュッフェ君、コーリン・ウィルソン君、バロウズ君、ベロウ君、バタイユ君、ア
プダイク君、ボールドウェン君、ビバロ君、ミショー君、マチュー君、タピエス君！
私の叫び、聴こえますか？
おーい！　おーい！　おーい！　おーい！　おーい！　おーい！　おー
い！　おーい！

私の愛する未来の読者よ！　私の書いていること聴こえますか？　私は君達の友だ。仲間だ。我々だけにしか絶対に通用することのない暗号でもって語り合う同志なのだ。我々には、論理も、合理も必要としない。唯、或る特定の人間のみに与えられている霊妙な交信機能に百パーセント依存しているおめでたい人間なのだ。我々は口で話さないし、心で考えたり、眼の奥の方で想像したりしはしない。常に、一つの秘密の場所で話し、考え、想像している。だから、人々と、極めて非創造で形式的な挨拶を交わしながら、なお、他の言葉を話すという芸当が可能なのである。ロダンの考える人のようなポーズをとることなく、走りながらでも、テレビを見ながらでも考えられる人種なのだ。性交の最中に、もう一つの深奥な哲学は、突如として湧き上ってくる。

眼を大きく開けたまま、充分想像し、夢を見ることが出来るのである。こういった種類の人間の食欲は一つの哲学であり、笑いは意味深長な発言であり、怒りは計画であり、失敗もまた夢の変形なのだ。否、本来、人間は、すべて、そういう存在であった。文明乃至《ないし》は、物事の進歩発展と言われているものが、こういった、眼ならざる眼をふさぎ、頭ならざる頭をたたき割り、口ならざる口を引き裂いてしまったのだ。人間は文明の非劇的な犠牲者であって、その前途は甚だしく暗く陰惨《いんさん》である。だから、現在が良かろうはずがない。自覚のない激痛にのたうちまわる。自覚出来ないだけに、治療法は一度も考えられたためしがなく、恐らく、今後も発見されることはあるまい。そういう、かなり暗い見通しなのである。永遠に激痛が続く。そこに、容赦はない。慈悲などという言葉は、とうに、何処かに置き忘れてきてしまっているのだ。人間よ！　泣け、ヒバリのように鳴け！　シューベルトが、呟き込みながら、死ぬ前の最後の力を振りしぼって葬送曲をつくってくれるぞ。そうだ。声の限り、喉から血を流しつつうたうのだ。真直上空に舞い上がれ。そして気の済むまで上がったら、一気に垂直降下するのだ。分別は要らない。論理も要らぬ。伝統も習慣も不要だ。唯、お前のやり方で、お前の降下を一気にやってみるのだ。そうだ、真直ぐに降りろ。目がまわるって？　当り前だ、それでいいんだ。万事よろしい。さあ、もっと早く、もっと、

もっと、もっと力を込めて舞い降りるのだ。地面まで、あと二百メートル、百八十メートル、百七十メートル、百六十メートル、百五十メートル、百四十メートル、百三十メートル、百二十メートル、百十メートル、百メートル、九十メートル、八十メートル、七十メートル、六十メートル、五十メートル、四十メートル、三十メートル、二十メートル、十メートル、七メートル、五メートル、三メートル、一メートル、九十センチ、八十センチ、七十センチ、六十センチ、五十センチ、四十センチ、三十センチ、二十センチ、十センチ、七センチ、五センチ、三センチ、一センチ、九ミリ、八ミリ、七ミリ、六ミリ、五ミリ、四ミリ、三ミリ、二ミリ、一ミリ——そのあとは、一瞬である。そして、一瞬であるということは、同時に永遠の時間でもあるのだ。ヒバリは地面にたたきつけられてヒバリでなくなる。人間もまた、人間でなくなる。いわゆる伝統や歴史に辛うじて承認されている劣等人間をやめるのである。復活がある。栄光と恥辱がある。人間は、この地点から、限りなく自由になって人生をはじけるようになる。

皆さんのプリンス自動車は、世界の自動車をあなたにご紹介します、だとさ。そして人間は、日毎にポンコツになっていく。モデルチェンジされた自動車を撫でまわす前に、お前の直腸に指を突っ込んでみたことがあるか！　この大馬鹿野郎！　日毎にポンコツになっていく自分の為にあわてる者になれ。

そして人間のモデルチェンジを行うのだ。古い車を、冷酷にも安値で売りとばし、たたきつぶして貰うまでは、モデルチェンジが行われないことは誰だって知っている。とにかく舞い上がれ、ヒバリども。シューベルトの咳込む調子に合わせて舞い上がれ。もっと、もっと、もっと高くだ。妥協は駄目だ！　ただ文句を言わずに舞い上がれ。ずーっと高く舞い上がれ！

私が訪れたいのはパリのサン・ジェルマン・デュプレではない。アルバニアの首都ティラナだ。私がじっくりと腰を据えて旅情を味わってみたいのはボスニア海に臨むグダニスクの波止場ではない。同じボスニア海に面してはいるがシベニクの街並だ。ニュー・ヨークの五番街よりは、アイルランドのコークの町だ。それもリー川沿いの商人河岸通り。私は文明というリンクによって連鎖した時間を生きてはいない。連鎖している時間の一瞬一瞬は死んでしまっている。私は生きている一瞬を常時生きたい。私の生活は、それ故に、こま切れの時間の中に生きる。それは、あたかも、未開地の原住民の生き方に似ている。一つ一つの行為の中に、前後のことを忘れて熱中する。砂漠に旅する者のモラル。日本人やアメリカ人には決して分らない、こま切れの時間を生きる砂漠に生き、砂漠に旅する人々。疲れ果てて倒れていたところを助けて貰い、水を飲ませられ、らくだに乗せられて来たにもかかわらず、その世話になった人から、バザールの前で降ろしてもらう時、女買いの金あったら恵んでくれませんかとねだるモラル。しかも、相手が駄目だと拒否しても「ああそうですか、私は、ここに住んでいます。いつでもこちらに来られた時は寄って下さい」と紙片に地図を書いておいていく。そういったモラルの中で、人間はどぶねずみの根性を持たずに生きられる。名誉よ、人の道よ、くたばれ!

パルメデスの〝実体〟

私は、ある意味において、天地の創造のドラマを体内のどこかに抱いている。それは、すべてのものの存在する以前の意識であって、易教流にいえば「太極」なのだ。万物の根源であり、万物の出現以前の何かを私は具えている。その崇高にして、厳しい太極が、現在の最も末端的な些事《さじ》に情欲を感じている。子供の病気にあわて、百円の釣銭の不足に目くじらを立てる私なのだ。私は時折、自分の立場を考える。一体私は何の専門家であり、何に専念する者なのだろうかと。しかし、それに対して、答えを得ることは全く不可能である。宇宙の性質をさぐる以上に、至難の業だからである。春秋、つまり歴史は、私にとって、寅造の浪花節程度のものである。それを聴いて、涙を流すことは出来る。しかし、私の本格的な闘争と創造の場には、決して立ち合わすことのないものである。教書、つまり、政治は、私にとって、殆ど何の意味も持ち合わせない。それに対する意識を、敢えて私のうちにさぐろうとするなら、それは一種の軽蔑心であり、ひと握りの憎悪の感情であろう。人間は、政治によって、より良い集団を夢みて、最低の、極悪な集団を実現した愚かな存在である。政治や法律は、繰り返し繰り返し人類の平和と社会の秩序を叫び、集団を導いてきた。しかし、いつの場合も、最低の能無しガイドでしかなかった。人々は、狼の巣や、死の谷間に追いやられ、狂気して、相殺し合う惨劇を行ってきた。礼教、つまり、倫理に就いてはどうだろう。私の眼から判断して、倫理とは、今日、政治や法律の従僕以外の意味を持ち合わせてはいない。習慣や、組織や、伝統を打ち破って、真に人間を幸福に出来るような倫理は、凡そ認められないからである。モーゼの、出エジプトの勇気、ルターの宗教改革、あれらこそ、まさしく本格的な倫理なのだ。あれらは、もはや、現代的なセンスにおいては、倫理と認められにくい。従って、私流の倫理とは、一種の革命的性格を裏打ちした厳しいものなのである。与えられた律則の中で、追いやられ、閉じこめられた伝統や習慣や常識の中で、じっと自分をなだめ、良い囚人となり、良い奴隷となるための役目しか果していない今日の倫理に、私は、おごそかに、絞首刑を命ずる。詩教、つまり、文学は、私にとって、自己を活かし、自己を明らかにし、自己を証明する一手段にすぎない。文学に凝っている人以上に、或いは、プロの売文業者以上に多くの原稿を文字で埋めていく私ではあるが、決して文学等に凝ったり専心している訳ではないのだ。そして、本格的な文学者と呼ばれる人達も、すべてそうであったし、そうであることを堅く信じて疑わない。「私にとって文学等ありはしない。生きている人間のみだ！」といったバルザックや、書いたものを焼き捨てて、死ぬ迄絶食したゴーゴリ、ありとあらゆる紙片に文字を書き連ねていった農夫のゴーリキイ、行き倒れのトルストイ、発狂して精神病院で死んだサド、一体これらの連中をどう説明したら良いのか。文学等といった、十二、三才迄の少女の心を締めつけるようなものを、二十を過ぎた大の男が夢中になっているとしたら、そ奴は、余程、女性ホルモンと幼稚さという要素の過剰な変態者であろう。事実、売文業者の中には、かなり多くの女性化した幼稚な、いわば男娼的な作家が見受けられる。私は、血の一滴一滴からして、彼等とは無縁である。荒々しく、男の体臭と年令にふさわしい考えを、常に周囲にまき散らす当り前の男なのだ。その点、何処の誰とも、一寸も変わりない凡人中の凡人である。凡人であるから人生に悩むのだ。凡人であるから、不安に戦《おのの》き、怒りに狂い、喜びに溢れ、女にうつつを抜かすのだ。金銭に執着もし、夢も見る。私の文学は、すべて、こうした凡人の要素に培《つちか》われる。自己の目撃者としての綿密なレポートであり、意見書であり、証言であり、表現でしかない。この場合、綿密なレポートとは、狂う様な細心の注意と、異常な迄の精神の高揚と無縁ではなく、意見書であるという事は、私の確信であり、私の創造的生活を指している。証言であるとは、私の体験したことや、感受した事の正確な記録である。意見書であるというは、私の判断であり、私の命令であり、私の個性であり、私の体質と直結していて不可分のものなのだ。私の表現とは、私に許されている、美徳ともいうべき、自由な虚構の制作態度を指している。私は、見たものや聴いたもの、感じたものを、そのまま記録することは殆どない。すべて、一度私の心と肉体の中を通過させ、私の体臭でまぶす。その時、虚構は、目撃したそのままの状態より以上の真実となって私には受けとれるのである。私はそういう人間であるから、日常生活においても、常に虚構は欠かせることの出来ない出演者となっている。本を読むにも、欲情を感じるにも、涙するにも、笑うにも、私なりの虚構に歪ませてから、私の内側に消化するのである。虚構とは、私のかけているサングラスであり、独特の屈折率と、特定の焦点距離をもったレンズのついた眼鏡なのである。私は、この眼鏡のみを通して一切を見る。単に可視的な現在の具象的存在ばかりではなく、不可視的な未来や過去、そして、現在の抽象的存在をもこの眼鏡を通してみるのである。従って、私にとって、他者の心や、状態を理解するといった美徳は持ち合わせてはいないし、第一、その様なものの存在を信じることさえ出来ないのだ。私は徹底した主観主義者であり、この主観的見解、納得、信頼こそ、自分にとって、他者にとって、最も有意義なことであると信じて疑わないのである。主観を抱く時、人間は、人間としての存在意義を最高度に発揮出来ると信じている。集団生活、社会の秩序というものを考え合わせれば、恐らく、主観的な生活や意見は、大敵とみなされるかも知れない。それは私も認めよう。しかし、集団自体、社会自体の存在と意義を私は認めようとはしない。人間は個人単位で生活する時、最も美しく、最も強力であると信じているからである。そして、そう在ることが、最も自然な人間の姿なのである。動物は集団でしか事を運べない。しかし、人間が動物と異るところはここだ。人間は、何事も、本格的なことは、個人から始めるということである。集団ではじめる行為、あれは、誰もが、責任を他者に期待して、自分だけは、協力者にすぎないと考える。百万人の集団運動には、行動の一切に責任を取る人が一人も居ないが、一人の人間の行動に就いては、間違いなくその人が全責任をとる。流行には、責任をとる人が居ないが、独創的な人間は、常に、自らの行為や言葉に責任を取る心構えが出来ている。美しいことである。それでは、私の、文章を書き、物を描く態度は、一体どの様に説明したら良いのだろうか。中國人は、此の点に就いて、実に重宝な言葉を私達に遺しておいてくれた。「易教」それが、私の生活と行為の一切を説明し尽くしてくれる言葉である。私の生活は、宇宙一切の領域に関わっており、それは、従って、宗教や芸術を内包し、一定のものを定めない。常に変動する生命体の側面を意識する。かつて、パルニメデスが言いはじめた実体という概念——つまり、固定化し、球体化した様な、あらゆる定義や分析の手に従順なものを我々は持たない。絶えず上下に揺れ動く生命体、綜合体への意識である。春夏秋冬や誕生、幼、青、壮、老、死。また、昼夜が示すように、すべては、生命の綜合が織りなす周期的な回転運動ではないか。聖書が、すべてに時があると言い、甦えりを説く時、易教のそれと同一の方向を示していることに気付くであろう。人間は、本来、定義づけられたり分析されたりしないように、万物もまたそれが不可能である。パルニメデスの「実体」は、人間の軽卆な手先と頭脳に、分析することと、定義を下すことを許容して来た。そして、我々は、それを現代文明と呼んでいる。しかし、それは、多面を持つ生命の、ほんの一面しか探ったことにはならないで、依然として人間は、真理乃至は生命の綜合体からは遠い存在である。私は、それで、一切の分析とか定義づけといった極めて、非創造的な行為を、とうに断念している。そんな、呑気な事にうつつを抜かしていられる程、暇がないのである。私は、自己の内側に健在である〝直感〟を信じる。直感こそは宇宙全体と対決し、これの鼓動を聴き取ることの出来る唯一のチャンネルなのだ。私は、易の一分化された技術である八卦に夢中になるようなことはない。そのようにしてあらわれた私の宿命乃至は運に対して、一切を委せてしまう私は人間が寛大に出来てはいないのである。私は、すべて、眼の前のものを打ち破り、破壊して進む怪獣なのだ。常に創造してやまない風化作用なのである。運命とは、私にとって自分の手になる創造以外のものではない。私は現代文明の反逆者である。物事を、いわゆる知的といわれる分析の仕方で観ようとはしない。目を閉じて、直感に頼る。それによって、現代が堕ち入っている難聴や、視力衰弱から健康人に立ち返れるのである。私は、健康人である。健康人であるから、常に、人らしく、危機感におびえ、歓喜に満たされているのだ。私は、常に「未済」を好む。未済とは、易教で言う未完成の状態であって、最も好ましい、有望な常態を指す。出発しはじめ、目的地には未だ半ばの道のりにある中間地帯である。未だ、海のものとも山のものとも分らない状態を指している。易教において、完成、乃至は到達したということが、不吉なことを意味し、これ以上、伸びる余地がないので、それから先は、退化を意味するということは、何という深い示唆に満ち溢れていることだろう。私は、此の歳になっても、未だ、自分が何になりつつあるのか皆目見当がついていない。喜ばしいことではないか。私は、常に、太極をはらんだ未済の状態なのだ。私は常に、今後も、未済の状態でありたい。一体、自分の社会的立場が何であろうかと、青年のように心をときめかす、あの純粋な感動で自らの老化を防ぎたい。私は生まれて間もないのだ。未だ、ほんの五分とは経っていない。産湯に入ろうとしている。産声は高く、喜びに満ちている。過去がないから、自由に手肢を伸ばし、ちぢめられる。私は未だ、両親さえ知らないのだ。私は、今、目の見えぬ状態にあって、両親をくびり殺したところで、全く、犯罪として扱われず、親不孝者と罵られることがない。私は、金銭の存在意義や、それの社会との関係も全く知らない。人のふところから金を掴み出しても、人は私を憎まない。汗して稼いだ大金をどぶの中に棄てても、私の心は、私を馬鹿な奴だとは言うまい。私は、頭の先から爪先まで、金銭の価値を知らないのだから。私は、殺すぞとおどかされても、一寸も恐れることがない。生まれ落ちて五分もたたない今、生きているということが何であるか、皆目見当が付かずにいるからである。生も死も、私にとって仲の良い殆ど共通の意義を持ち合わせたものとしか映らないのである。私には、自分が人間であることも全く分らない。人間であることが分らないだけに、不幸が全くない。人間として守るべき責任は私にはない。人間としての面子《めんつ》も、プライドもない。唯、自分の知らない間に開始した呼吸作用に引きずられ、口をパクパク開けて驚き、そうした動作に馴れないせいか、辛い事だと、漠然と感じているだけである。私は易教でいう、伸び上がる気であり、陽であり、成長であり、創造であり、上り坂であり、新月《しんげつ》であり、明け方であり、泉であり、麓であり、弦を放れたばかりの矢であるのだ。一切はこれからだ。私は何ものにも束縛されることがない。何事にも義理を感じることがない。何事も、知らないのだから恐れることはない。何事に就いても誇る必要がない。唯、自己を実感して、その実感が与える危機感に追い立てられるだけである。太陽が自己を燃すように、危機感は激烈である。私は、ピラニヤに襲われた牛だ。一目散に岸に向かって逃げる。強力な角も、大きな図体も、そして文明も、此の際全く役に立たない。ピラニヤの群は、直ぐ背後に迫ってくる。義理も面子もあったものではない。足が折れても仕方があるまい。とにかく岸に着くことだ。岸に上る迄は、危機は去らない。この際、大きな図体は、急げば急ぐ程ますます水の抵抗を大きくするだけで、平穏無事だった時には誇りの根拠であったものが、危機に直面すると、呪いとなる。恐ろしい呪いとなる。尻に、五、六匹のピラニヤが噛みついた。確かに肉は喰い切られている。激痛が全身に伝わる。もう岸は目の前だ。更に五、六十匹のピラニヤが喰いついて来た。かなり尻の方が軽くなってきた。後肢の感覚が鈍ってくる。前肢のみが、ますます強く進もうとする。更に、五、六百のピラニヤが喰い付いてきた。内臓辺りに冷たさを感じる。牛の眼に充血がはじまる。沈黙の闘争は、水しぶきの中に、ますます激化していく。岸が鼻先に見えた。前肢がかかる。しかし、後半分は、殆ど喰い千切られ、骨だけになっている。牛は四つ肢があって行動が自由だった。今、前二本の肢で必死に岸に這い上がろうとするが、体の後半分が軽くなった代りに、力は、十分の一、百分の一に減ってしまっている。どうしても、這い上れないのだ。数千匹のピラニヤが首筋に迄噛み付いてきた。激痛にゆがむ顔。水が冷たい。私は今、此の牛なのだ。あと数十センチ体を岸に這い上げれば、体の三分の一は助かるのだが、その数十センチ這い上ることは、百万年の歴史の中で苦悩しつつ生きることと同じなのである。常に未完成なのだ。常に必死なのだ。常にあがき、もがくのだ。常に、熱烈に這い上ろうとするのだ。常に恐れ、常に歯ぎしりするのだ。常に激痛に耐えなければならないのだ。常に、生きている部分を尊《とうと》いものと意識するのだ。常に喰い千切られた後半分の体に対し、涙を流し、後悔の念に包まれているのだ。その間、川の流れは、一寸も勢いを変えようとはしない。

私は、悪夢の最中、いつも、悪夢にうなされていた子供らしく、それから逃れる方法をいつの間にか会得していた。そして、それが、此の歳になって読むミラーの作品の中に言われていることと寸分違わないことを知って一驚する。太平洋戦争の始まる一か月前、ミラーの『心情の知慧』はアメリカで出版された。私は、その頃田園に囲まれた宿場町で、ようよう悪夢から解放されようとしていた。その中の一節に「我々は誰もが知っているように、人生は闘争である。そして、人生の一部である人間もまた、闘争の一表現にすぎない。人がそれを知って、納得するならば、そうした闘争であるにもかかわらず、彼は、平和を味わい、それを楽しむことが出来るのである。」と書かれている。闘争の人生において平安を得るには、その状態を受け入れなければならないと言う事実は、幼ない私が、悪夢を恐れる余り、本能的にあみだした秘術でもあったのだ。最初のうちは、何とかして逃れようと、金縛りの状態の中、あばれまわった。何度に一ぺん位は呪縛《じゅばく》が解けて大声を上げることが出来た。まわりの者が気味悪がる程に、悲痛なうめきで目覚め、布団から飛び出し、やっと悪夢から解放されるのである。しかし、そうした闘争に耐えられなくなった或る夜、恐ろしい悪夢の世界を前にして私は、一世一代の勇気をふるった。つまり、悪夢から逃れるのではなしに、かえって、悪夢に突入していった。深く深く、底のない悪夢の中に沈潜していった。その時私は、声も立てずに泣いていたと思う。しかし、そうすることによって、いつの間にか、悪夢は霧散し、私は快よい眠りについたのであった。意識が戻った時は、常に明るい朝の光が障子に映っていた。私は、一切の悪から逃げない。むしろ、それを受け入れて消化してしまうのだ。私はピラニヤに食い殺された牛として、何度も白骨となる。そしてその回数だけ、間違いなく、甦えるのだ。私は、常に自分の運命に対して指導権を握ろうとする。易教にいう、陽爻であり、数でいうなら、奇数であり、物事に例えるなら、女でなしに男であり、従僕でなしに、主人であり、衰微《すいび》でなしに興隆であり、崩壊でなしに、建設であるのだ。常に伸びる気であって、私に近づき、私の呼吸に触れる者は、ことごとに、生命の伸びていこうとする気に当てられて甦える。死者は、しかし、しばしば、生を嫌うものだ。従って私を憎む者も多いことだろう。だが最終的には私の方が勝利者であることは間違いがない。易の漢字が示す通り、此の象形文字の起りは、もともと蜥《とかげ》を意味していた。

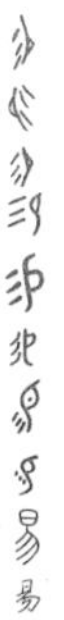といった変化、進展のプロセスは面白い。いくら尻尾を切られても、決して死ぬことがない蜥。いや、かえって、生きのびるために、自ら進んで、抑えられている尻尾を断ち切って逃げるのである。私は、人生の闘争で、常

に、何かを失ない、闘争につきものの飢によって、常に、自らの手足を食らい尽す。首を斬られても決して死に絶えることはない。再び、新しい首が生じてくる。私は常に不死身であり、常に生命に満ち溢れている。蜥の皮膚のように、私の人生の表面は、種々の色合いに変化する。それ故に、文明の信奉者達は、私を定義付けたり、固定したカテゴリー、歴史、系列、分野に配列することが出来ずに怒り出す。しかしそれは、彼等の技術の不足からでも、私の立場のいい加減さからくるものでもない。私が、真実、生命のリズムに乗っているという、唯それだけの単純な理由からである。真実に生きているものは、絶えず流動し揺れ動く波のようなものであって、決して、セメントのように一つの型の中で固形化するものではない。固形化するものは、必ず、破壊の行われる日を予測しなければならない。流動的なものは、古びることも、破壊されることもありはしないのだ。生命は、形式によっては認めることが出来ない。唯、存在するという事実のみによって、感じるより他に方法はないのである。この立場に立たされる時、文明は全く無力であり、意味のないことに一驚するはずである。文明を奉じ、文明に依存している人間は、もう、その事で、生命に就いては何一つ感応することなく、しかも、自らの人生もまた、生命のリズムに、理想的に乗ってはいない事を証明しているにすぎない。

「全く困ったものです」

溜息をつきながら、話題はどうしても、昨日の、問題を起した生徒のことになる。

「今日は、父兄の方が見えるんでしょう」

「はあ、来るように、早速、あの事件の直後、事務長の方から電話で連絡させましたから、おそらく、もう見えられることと思います」

校長の表情は暗く、それでなくても、つぶれそうな小さな校舎の屋根が、一層不安気に傾いている。

「それで私も、今朝から、きっぱり、タバコを止めました。学校に居る間は、喫まないことにしたのです。この誠意が生徒に通じてくれればと願っています」

その話しを聴いている講師の男は、はじめから酒もタバコも無縁な存在なので、そうした校長の言葉が全然通じない。校長としては必死の念いなのだが。

「是非、今のうちに、校風をはっきりとさせておかなくちゃ、どうしようもありません」

「それでなくても、まだ、開校して間もないというのに、いやはや、困ったもんです」

開校して、二年目だった。

「昨日も、全校生徒を並ばせて、一斉にポケット検査をやってみたんですが、驚きましたな、八割以上も、タバコの常習者でした。タバコ等というものは、嗜好《しこう》品ですから、喫んでも何ということはないのですが」

この辺で、校長の口ぶりは、明らかに、徹底している講師に対する皮肉を込めている。

「やはり、学業に身を入れなければならない時期ですから、一寸困るんですよ。第一、そうしたことが、警察を通して明るみに出されると、来年の生徒募集に大きな障害となって……」

表情が、かなり複雑になってきた。

「学校経営者側としても、立場が大変苦しくなってしまう訳です」

「親も、ちゃんと下宿先には、送金していたっていうんですが、理解に苦しみますなあ、衣料品店からズボンを万引するとは。本屋等では、よく学生の万引が捕まるということですが、ズボンとなると、一寸、事が面倒になりそうです」

講師の男が、

「一体、何が動機なんですかね、金に困っていなかったとすると?」

「それが全く他愛ないんですな。同級生の前で、度胸のあるところを見せたかったらしいんです。俺は、こんなことだって平気でやれるんだとね。本人も、呆気にとられている友人達の眼の前でズボンを盗むと、堂々と店を出たらしい。しかし、彼の後には、ずーっと私服の刑事が眼を光らせて尾行していたってわけです。気立ての好い青年なんですが、あの通り、金が自由に送金して貰えるっていうんで、かなり派手な身なりをしている。それに、五、六人、同じような身なりの生徒達と歩いていたものだから、刑事の眼に止まったんでしょう。あの真赤なセーターというのは、我々が古臭いんでしょうか、どうも、好い感じを与えませんな。本人の立場を考慮してくれたんでしょう。刑事は、裏通りに入ってから、この生徒をつかまえたのです。カバンを開けてみせろと言われても、はじめはなかなか開けなかったというんで、刑事も意地になってしまったんですな。えりがみ掴んで生徒を引き倒した上で、カバンからズボンを引っぱり出したそうです。そんな態度からも、相当の常習犯と思われ、かなり、こっぴどくしぼられたらしいのです」

「でも、本人は、これがはじめてだと言ってはいるのでしょう?」

「ははあ、それで、分らんでもありませんな、どうして、刑事に喰ってかかったか。そういった態度でも、友達に強いところを誇示しようとしたんでしょうな」

「全く同感です。それにしても、馬鹿なことをしてくれたものです」

突然、職員室のテレビが鳴り出した。誰がスイッチをひねったのか分らない。テキサス州立大学で学生が、母親と妻を含めた十五人を殺し、三十何人かに傷を負わせたというニュースが流れ出した。それを、多少得意顔した解説者が「アメリカの狂える現実を見たように思います」とか何とか、気の利いたことを言っている。その表情が、あと幾日続くか分らない、猿真似の禁煙した軽々しい校長の表情とくっつき合って、一つの顔となった。文明という、実に象徴的な顔となった。ニュースは更に続く。青森で開かれた全國高校体育祭の実況が画面にあらわれる。皇太子の、小学校なみの可愛らしい挨拶に、禿げ頭の連中がかしこまって耳を傾ける。「スポーツは、ヨイコトダトオモイマス……」鼻にかかった独特の声。眠くなる。その後は、ノイローゼの自衛隊員が、カービン銃を持って脱走したというニュース。皇太子の赴いた青森県に起こったことなので、関係者達は大いに慌てふためいているという。重症の患者程、他人の病気がひどく気になるものなのだ。

一体、盗みとは何だろう。一体、物に関して、所有といった意味は何を示しているのだろう。私は、私以外に何一つ自分のものであるという、所有に対する確信がないことをここで告白せねばならない。それと同時に、一切の物の、他人の所有であることも信じてはいないのだ。唯、一時的に、その人の管理化にあるというだけなら話が分かるが、それ以上に、所有という意味を広げて考えることは、誤りだと信じている。金銭や、優勝旗に所有者のネームをつけることは決してない。唯、その入れ物や、布片に、一時的な預かり主の名を記入しておく。一時的な責任と、後々の記念のためにそうするのであって、これはよく分かる。しかし我々は、所有しているものが、所有者の体質と同化しない限り、決して、これを、所有物と呼んではならない。そうしないと、必ず、失望と不幸がその人を襲うであろう。肉体と精神以外は、決して、どのような人間の体質にもなる可能性を具えてはいない。それらは、全人類の共有すべきものである。否、共有するという表現は間違っているかも知れない。全人類が平等に、利用することにおいて、満足すべきことを行っていないから皮肉である。骨董品の蒐集家《しゅうしゅうか》は、どうかした折に一つ二つの骨董品を手に入れた人達よりは、その品物によって、味わいのある生活を送っていない。所有欲にとりつかれているから、品物の数ばかり気になり、その品物の価値を決めるはずである年代だとか由来のみを気にしていて、わび、さびは、彼等、所有者と無縁なのである。我々は、幸福になる為に、多くを所有する必要は全くない。一つ二つを一時的に預かり、それを最大限に利用出来る人間でありたい。一つの一時預かり品によって、人間は、まさしく、九十年を潤すに足る何かを吸収することも可能なのである。本を多く集めるより、一冊、二冊の本を、自己を啓発させるために吸収することが肝要なのだ。金銭も、百万、千万と貯蓄する必要は全く考えられない。十円、百円で良い。今日の生命を豊かにする為に使う方法があるはずだと思う。金銭に関して、不幸な人間とは、金銭に不足するという事より、自己を豊かにする使い途を持ち合わせない人を指して言わなければならない。金銭は貯蓄するためのものでなくして、使うためのものなのだ。稼ぐためのものでなくして、与えてやるべきものなのだ。金銭が、稼ぎで得るよりも、与えることのできる方に喜びのあることを知らぬ馬鹿者は一人も居ない。もし、我々が、それ以外に金銭の意義を感じるなら、その人にとって、どう見ても、金銭は呪いでしかなくなる。その人は、金銭がなかった國に生まれたら幸せだったと嘆く日が必ずやってくるに違いない。社会的地位に就いてもまた同様である。どんな人でも、その地位に、永久に就いていられるものではないのだ。地位とは、就いていられる間に、充分それを有意義に使うことである。聖書にある、その地位から転落しようとしている男が、地位に在る間、権力を利用して人々を幸せにしてやる例えの話は、それで、無意味ではないのだ。万事は借り物、何一つとして所有出来るものは有りはしない。そこで私は、唯一の私の所有である自己の内側に深く沈潜していく。この閉ざされた世界で淋しいと思う人間は絶望だ。社交といい、集団生活といい、団体行動といい、ああいったものは、極めて現実からは遠い一つの抽象でしかないからである。英國の青年、ディビッド・ラファティ君のように、私もまた、ほら穴にもぐり込む。彼は闇の中で、昼と夜を忘れ、一万二千本のろうそくで毎日を生きた。外界と何一つ交渉することは出来やしないのである。それだけに、内奥の生活は豊かになる。ラファティ君は、二百冊の本を穴ぐら生活の百二十七日間に読破した。一日二冊程度に読みこなしていったわけである。フランス語とスペイン語にも大分熱を入れたそうだ。彼にとって、地上での政治も、ニュースも、流行も全く無縁の存在でしかなかった。それだけに彼は充実したのである。私は、地上にあって、なお、自己の穴ぐらにもぐり込み、文明の黴《かび》や、文明の残滓《ざんし》である政治や社会組織、宗教組織等の一切から無縁の者、異質の者、絶縁されたものになろう。一万二千本のろうそくの代りに、私の内側の、燃える激情がしたたらせる油で充分であり、私の書物は、私の内側と結びついた聖書と、ミラーの作品と、あとは、最も軽蔑すべき人間とみなされている乞食のような健康さにあふれた人々の飾り気のない言葉で充分充当出来る。私は、独りでいても、決して孤独になることがない。孤独は、或いは孤立することは、人間を緩慢《かんまん》な自殺に導くかも知れない。しかし、独りでいることは、孤独を必ずしも意味しない。独りでいて、なお、沈黙の騒々しさと、激情の中に浸れる人間が、いつの時代にも少なからず居るものだ。予言者や芸術家の中の本格的な人物は常にそうである。人気絶頂の、いわゆる流行の波に乗ったような予言者等は、むしろ、どちらかといえば、予言者、芸術家という名を踏み台にして、もっと地上的な何かを求めた人々なのである。私は独りになる。騒々しく、困乱した、本格的現実をつくり出す為に、独りになる。激情と熱意と狂気と溺愛《できあい》と、肉欲と、祈りの言葉と、信頼が、それぞれ盲目的な生物の触手となって、周囲に伸び、うごめく。一触即発の危機と狂気をエネルギッシュに秘めた恐るべき幾條もの触手が、うごめく。私は周囲の一切のものを、触れるごとに、その負わされていた既成の秩序を破壊粉砕し、自らの養分として吸収してしまう。私は、例えようもない程飢えきった狼であり、ハイエナであり禿鷹なのだ。私には、この食欲に関する限り、義理も人情もへったくれもない。唯、むさぼり食らい尽くすのみ。それでいて、良心が一寸も責めないところに私の美点がある。

「父兄の方がお見えです」

事務員の声に従って一人の婦人があらわれた。ズボンを万引した青年の母親である。

父親は大工で北海道に出稼ぎに行っており、母親の方は、毎日、保険の勧誘に多忙であるそうだ。

服の着こなしは、まさしく田舎風で、洗いざらしのブラウスには、アイロンが利いていない。ハイヒールと靴下が、体から分離している。ハンドバックは、ばかにつややかなもので、先細りの指先がしぼんで見える。お茶を飲む手が小きざみに震える、

「こんなことする子だとは夢にも思いませんでした。家では、言うことは良くきくし、こういってはなんで御座居ますが、素直な子なんです。どうして、あんなことしてくれたのか、まったく、お恥かしい話で御座居ます。」

「それに最近、かなり欠席しておるようですが」

事務長の傍からの言葉に、驚いた様子で、

「まあ、そうなんですか、下宿は、毎日よく出ているんですけれど」

「こんな具合いですよ」

差し出された出席簿を押し開いて、「あら、」――表情が色々に変わっていった。それから、保険加入者の名前を記入するような小型の手帳を取り出して、えんぴつで、欠席した日をメモしはじめた。息子の欠席した日をメモしたところで、別にどうということはない。唯、母親の頭の中には、そうでもして時間をつぶさないことには居た

たまれないのである。押し黙っている校長、講師、事務員達。バイクの音が遠くに響いている。未だ午前十時前なのだ。

私の頭の中に繰りひろげられる一つの惨劇。文明のつくり出した法律をもってしても、決して、一人の犯人を探し出すことの出来ない惨劇が展開する。二十七才の女は、息絶えて長々と路上に横たわる夫と、腕の中で二度と乳を吸うことのない一才の幼児をかかえて泣きわめく。一瞬にしてバスと衝突した軽トラック、責任の一担を背負うはずのバスの運転手も即死してしまった。未だ救急車のサイレンも聴えはしない。髪をふり乱した女だけが哀れだ。バスの乗客達の中で、怪我をしたものは、痛みの故に幸いだった。無傷な者達は、男も女も、子供も、海水浴の帰り途、この地点で、一切の楽しい一日を地獄の季節に変えてしまったのだ。彼等の内臓は多少腐りかけたはずだ。眼は腫れ上り、口は、言葉をいびつに語るようになった。手は、棒杭よりも更に自信を失くし、耳は、呪われた犯罪と悲しみの洞穴と化した。女は、ベッタリと路上にすわりながら、夫と幼児の為にわめく、泣く、狂う。

「警察の方へは、十時半に出頭して貰わないといけません」

事務長の言葉に、女は、

「はい、分りました」

「学校当局としましては、本人の将来のことも考慮しまして、是非、学業は続けさせたいと考えてはおりますが、先ずその事は本人には言わずに、当ってみたいと思いますから、お母さんの方も、そのつもりでいて頂きたいのです」と校長。

「ありがとう御座居ます。本当に、そうして頂ければ、どれほど、あの子の為に有難いことか……」

「そうです、学校とは、一人でも多くの子供達に、可能性ある未来を背負わせて社会に送り出してやるところですからな」

「はい、わかります」

女の、感極まってつまる声に、ふと、ここ三、四日泊りっきりの、二号の、あの時のうめきを連想した。「タバコ一服」と手を机の端にやったが、今日はそこにタバコはなかった。中老の妻と比べて何ら変わるところのない二号の肢体。皮膚の色つやは、はるかに妻の方がつややかで張りがある。二号の性器、あれは、単なる肉体のほころび目でしかない。彼自身もよくそれを知っている。色は浅黒く、性毛のゴワゴワした感じは、眼を閉じてワイヤー・テリヤを愛玩している気分である。唯、妻と極端に違う点は、二号の若さと、積極的な行動であった。あの、洞穴のような、単なる、肉の襞《ひだ》にすぎないようなやつが、一たん何かを決意すると、いそぎんちゃくの様に、うにの様に、なまこの様に、ひとでの様に、情熱を込めてゆれ蠢《うごめ》く。異常なほど潮を吹く。彼の指のひと触れで、体中をくねらせながら、呻きはじめる。図々しい年頃の彼にしてみれば、最初のうち、これは芝居だな、と思ったのは無理はない。しかし、芝居は、そういつまでも続くものではない。熟睡しているような時を見計らって、そっと手を内股にやると、やはりそこは、一触即発の状態にある。潤っており、やわらかく口が開いている。それでいて、一たん体の中に入ると、きりっとしたしまり具合が無類なのである。それに、素晴らしい伴奏がつく。体中がくねる。妙音が喉元から迸《ほとばし》り出る。まだ、全然、動いていないのにそうなのだ。年令《とし》を忘れる。一切を忘れて彼女に吸収されていく。そんな夜の翌日は、疲れもさることながら、ずっと若返ったような感じである。勿論、一晩中、彼女に応えて体を使っているわけではない。歳からいっても、せいぜい二回戦連続が限界である。あとは専ら指先である。彼女は、のけぞって、それが彼の体であろうと指であろうと、一寸も気にすることがない。彼は指がしびれるまで、必死になってまさぐり動かす。彼女は、疲れを知らぬモーターである。次から次へと新しい昂奮の渦の中にたたき込まれ、爆発し、飛散する。それに比べると、彼の妻は、常にミロのヴィーナスなのだ。白く透き通るようなもち肌と、芸術的な性器を長々と横たえ、彼の行為に対して、応えは、実につつましやかである。冷たく、平静で、まさしく、それは、美術館の中の薄暗く、ひんやりした空気の中に陳列されているヴィーナス以外のものではない。彼の体は、このような礼儀正しい状況下にあっては、決して硬直しない年頃になってしまった。躍起《やっき》になっていじくりまわしても、妻の表情は、茶の湯の時のそれであって、いわゆる文明が濃厚に支配しているのである。このような不毛の砂漠を想い起し、苦々しい表情を見せながら校長は、

「では一つ、本人を呼んで話し合ってみましょう。ここにくるようにいいなさい」

事務員の一人に向かってそういった。

これからずーっと学校では、生徒の見せしめの為にも禁煙するといった校長は、それから一週間程して、その誓いを忘れてしまったらしい。従来通り、プカプカやりはじめた。涼しい表情が気になる。午前十時を少し回ったところである。

硬直と睡眠の中間位

夏にしては、おかしな程、涼しい一日である。テレビや新聞は、さかんに、晩秋の気温であるとがなり立てている。しかし、一週間の骨休みを、このような時期に持てることは、何とも幸せである。日光の中禅寺湖畔、軽井沢の林の中、裏磐梯の高原等を想い出させてくれる天気具合い。

「こんにちは、全く妙な天気ですね」

「ほんとうに、余り涼しすぎますよ」

「稲作には良くないんでしょうが、我々の体には丁度好いです。どうです、最近、何か書きましたか?」

相手の男は、私のそういう問に、「いや、さっぱり近頃は……」

「ああ、そうですか、やはり無理はいけません。何というか、そう、内側に充満するとか、内部に燃え上る状態にならなければ、何を書いても無駄なような気がしますね。結局、そういう時の作品には、妙な技巧がからまっていて、文学の本領が発揮されてはいないんです」

陽射しが、かーっと桐の葉陰から洩れてくる。私は続けて、

「私は、スーチンとモジリアニの、短かい生涯に輝いた交流に就いて書いてみたいと思っています。小説なんていうもんではない。だからといって、時代、状況に、充分な考証を重ねるといったレポート風のものとも違うんです。つまり、口寄せ……」

「口寄せ?」

「はは、つまり、ほら、よく、古い地方に伝わっている、いわゆる霊媒っていうやつです。死人の魂が、一人の巫女《みこ》に乗りうつり、彼女は意識を失って死人が語り出すという、あれですよ」

「ああ、分ります。それにしても、いい言葉だ、口寄せとはね。本当だ、我々のしていることは、口寄せの一種ですよね。読者の方は、納得するとか、理解するとかいった筋合いのものではなく、信じるか、拒否するしか期待出来ないものなんですね。まさに超論理であり、生命そのもの、精神そのものっていうのかな」

「全く、君の言う通りだ。記録でも創作でもないんだな」更に私は続けて、

「実録でも虚構でもないわけだ。唯、精神の一部にまで昇華させた何か、つまり、私に乗りうつった二人の人物に、いいたいこと、したいことを自由にさせることなんだ。読者は、そうした巫女の立場に置かれる私の作品を、信じ切れるか否かという二者択一の立場に立たされる。その中間的存在は決してないんだな。もし、敢えて、中

間的な立場をとろうとして二者択一を怠ると、必ず、その人の心は傷つく。痛みの自覚はあ奴のせいだと、私に対して逆《さか》うらみの意識を抱くようになる。それで、二者択一の出来ない多くの人々は、私を憎悪することになる。だからといって、私の作品を信じ切って、人生を豊かにする人々の居ることを考えれば、敢えて、そうした矢おもてに、立たなければならないと思う。その為に、大きな勇気が必要なのだ」

「うん、分かる。よく分かるよ」

そう深くうなづきながら、彼は、口の中で、ぶつぶつと、しきりに「口寄せ」を発音していた。

「イタリヤ生まれとロシヤ生まれといった違いはあっても、共に貧しいユダヤ人であるスーチンとモジリアニ。二人とも、お互いの芸術を信じ切っていたんだな。死ぬ間際に、モジリアニは、世話になった画商に、俺は死んでも、スーチンが居るじゃあないかって言ったそうだ。パリの同じ安アパートの階下に住んでいたヘンリー・ミラーは、階上のスーチンと時たま言葉を交わしたんだ。〝あ奴は、口数の少ない、内気な男だった。物を借りにいっても、ドアを細目にあけて品物を手渡すような仕末だ。だが、この男を夢中にしゃべらせるこつをいつの間にか私は知っていた。レンブラントの事を話題にすれば、彼は、間違いなく、饒舌家《じょうぜつか》に変身した〟というように書いているんだ。ミラー自身『ミンスクかピンスクの街路風景』という水彩画を、ずーっと後の千九百五十九年に描いているが、実に明るい絵なんだな。やしの木が海岸通りに見られるといった風景さ。暗く陰気なスーチンの為に、敢えて、こうも明るく華やかに描いたんじゃあないかと勘ぐりたくもなる、実際、あの作品の複製を見ると。」

「…………」

私は、陽射しを避ける為に、椅子を窓から遠ざけ、部屋の奥の方にずらしながら、

「スーチンが死んだ時は、ピカソともう一人しか立ち会わない、実に、みすぼらしい野辺送りだったというけど、実際これ程、盛大な葬儀が他に考えられるかい。ピカソが立ち会ったんだ。

モジリアニはスーチンより二十数年も前に死んだが、あの話は、たしかに一つのエレジーだな。親の反対を押し切って彼とアパートで暮した画家志望の娘、ジャンヌ・エビュテルヌは、餓死寸前の貧窮《ひんきゅう》の中で暮した。このような青春もあるわけだ。私も、妻と一緒に、死ぬ思いをした時期があったけど、これ程じゃあなかったと思う。彼女は、二人の間に出来た幼ない娘を両親の下にあずけ、次の子供が生まれようとしていた。両親は、モジリアニがユダヤ人だということで、随分嫌っていたらしいが。彼の死んだ翌朝、彼女はアパートの窓から身を投げて死んだ。二人の墓は、今では、ペー

ルラシェーズの墓地に在る。何も分りもしないくせに、パリくんだりまで旅する日本の大画伯達は、このような墓地を訪れたりはしない。古くさい、印象派並みの手法で、異國の風情をスケッチしたりして、得意気に帰ってくるわけだ。一体、あ奴ら、カメラマンなのかい、それとも報道記者なのかい。画家でないことはたしかだな。第一、心が真実のものに向けて開かれていないんだからどうしようもない。〝パリを中心にして、今では、具象がだんだんと勢いを盛り返えしてきているようで、事実上、抽象画は、すたれつつあります。やはり、美しいものは、いつの時代にもいいんですな〟というようなトンチンカンな事を言って澄ましてられるんだよ、ああいった骨董品級の人間は。今ここにある毎日新聞の切り抜きを読んでみよう。第一、世界を圏圧している観さえある、具象派の実力者ビュッフェの名さえその中には書かれてはいないんだ」——私は、そう言いながら、カバンから昨日の新聞の切り抜きを取り出す。

「〝國際的に権威のあるパリの美術雑誌、コンネサンス・デ・ザールが、各國の権威者百三十余人を審査員にして、現代画壇の最高作家の選定コンクールを行った結果、次のような結果になった。昨年の一位、ピカソを除いて、今年の結果は、一位ミロ、二位エルンスト、三位、デュビュッフェの順〟で、そのあとは、ベーコン、シャガール、トビー、ダ・シルバ、アルトング、サム・フランシス、マルク・ロスコ、バルチェス、デ・クーニング、ブリ、フンデルトワッサー、ポリアコフ、アスガー・ジョーン、バン・ドンゲン、バルザリ、デュノワイェ・ド・スゴンザック、タピェス、マネシェー、マチュー、エステーブ、ココシュカ、バゼーヌ、マッソンの順だ。こうした顔ぶれを見ると、具象画をするのは、ココシュカ位のもので、他は殆ど、抽象画家で占められているじゃあないか。まだ、まともに、画集さえ手に入らないデュビュッフェが三位に入っているとは、何という痛快さだ。パリに行った田舎の画伯、あの大将は、三、四流の俗人相手の画商でも訪れて、あんなでたらめを言ったのかな。それにしても、気の毒な話しじゃあないか。私に世界の画家の順位を決めさせたら一体、どういうことになるかな」

「それは面白い、一寸、言ってみてくれないか。ベスト・テンだけでいい」

「ようし、それじゃあ……先ず、一位はデュビュッフェだろうな。二位はタピエスかな、それとも、フォンタナ? 三位にフォートリエ、いや、ミショーの方を置きたい――」

その時、相手は変な表情をして、

「それじゃあ、あなたのいつも言っているミラーや、ヴォルスは、上位に来ないんですか」

「いや、そうじゃあない。私は、彼らをこの順位の中に入れたくはないんだ。ヘンリー・ミラー、ヴォルスは、私にとって、画家以上の存在であって、いわゆる師友っていうところかな。私はいつも、これら二人の人物を自分の魂の側面に密着させているわけだ」

「ああそうですか、わかりました、さあ、先きを続けて下さい」

「うむ、第五位はゴーキー、六位は、そう、この辺に、さっき三位から外したフォートリエを置いてみたい。次はと、第七位にはクレーを置きたい。八位にはイヴ・タンギーだろうな。次には、どうしても、エルンストかな、ベスト・テンの何処かに必ず入れなければならないシャガールがいるから、第十位は彼だ。しかし、これに加えて、ポロックやトビー等も、十位の中にどうしても加えておきたいような気がするな。結局、十位には、この三人を入れなければならない」

「うわーっ、ずい分、変わった番付けですね。ところで、ピカソやセザンヌは全然顔を出さないんですけれど、ああいった大家達の位置付けはどうなんです？」

「例え、私に、五十人の画家達の順位を言えといわれても、ピカソやセザンヌ、ゴッホ、マチス、ルオー等は入れないと思う。彼等が良い画家でないはずはない。確かに偉大なことも事実だ。しかし、彼等は、我々の時代からはかなり遠のいてしまった。

いわゆる神話的存在なんだな。やはり、我々の、血と呼吸に何か共通点を持つ、現代人の苦悩の中にこそ、価値を見出さなければならないと思う。そうでなければ、単なる理論であり、概念にすぎず、実生活と密着しないものではないだろうか。プラトン以来の、実生活と観念の分離といった悪習、しかも、これは、人間にとって致命的な悪習であるが、私達はこれを捨て去らねばならないのじゃあないだろうか。文芸とか絵画は、単なる文芸や絵画であっていちゃならないわけだ。何処か深奥なところで、宗教、歴史、倫理、政治、ヒューマニズムと接触しているんだな。いや、表面上は、政治も倫理も、宗教も何も彼も罵ってはいるが、やはり、見えない根元の部分で、人間にまつわる一切の要素としっかり結び付いているわけだ。そういった意味で、単なる絵画、技術本位の絵といったものは、ありゃあ、おけいこに過ぎず、道楽にすぎないな。ずい分、話が横道に外《そ》れてしまったが、スーチンや、モジリアニはそういう意味では、神話の中の存在にすぎない。それにしても、彼等の交友を私の口寄せでやってみたい。果して、みんな私の書いたものを信じるかどうか分らないけれど」

　俄雨が、急に、押し寄せてきた雲間から降りはじめた。さっきから涼しい風が妙にしめっぽくなってきているのもそのためだったのか。

「うん、それ全く好い表現だ。口寄せっていうやつ」

「そう思う？　口寄せは、全く本当は意識しないんだ。巫女は、一心不乱に霊の乗りうつりの為に祈祷する。やがて失心状態になると、死者が口を利きはじめるんだな。彼女の周囲に集まる者は、それを納得しようとしても納得出来るようなもんじゃあない。唯、あれが、死んだ息子の声かどうかという事を信じなくちゃあならない。うちの近所にいたよ。長男が三十の声をきいて、いよいよこれからという時に、白血病になってしまった。いよいよ死期も近ずいてくると、母親に〝口寄せをやってくれれば、俺にきっと会えるよ〟と言ったそうだ。恐山に来てくれとも言ったそうだ。それから三月して息子は死んだ。母親の嘆きようといったらなかったが、それでも、恐山には、とうとう行かずじまいだったよ。息子が死んで、もう三年になるかな、結局、信じないんだな。それと同じさ。泣く程、真実は欲しいし、知りたくとも、私の書くものを信じない。それなら、何事も起らないし、何の期待も出来ない。まさに、私の書くものは、一種の聖書みたいなものだ。信じることを第一に要求する意味においてそうだと思っている」

雨は止んだ。再び強い陽射し。それでいて決して暑くないのだ。異常気温。天明、天保等という古い年号が空気の中にちらつく。だが、向うには、バスがほこりを立てていく。電柱が一つのかすみ網となって、地上の一切を捉えてしまっている。その下で労働に従う人々は、かすみ網にかかった山雀であり椋鳥であり、百舌だ。暴れればあばれる程、からだは網に喰い込んで自由がなくなっていく。

ニューオリンズの葬儀の列が行く。かつてのフランスの栄光の残滓が、未だに拭い去られず、アメリカの特殊地帯をつくっているこの町。葬送さえ、デキシーランドのジャズの流れに乗っていく。悲しみの泣き声もジャズ風なのだ。賛美歌は、もはや、教会のデコレーションではなくなってしまっていて、黒い色の女達が、白い歯と、凝固した犬の血のような色合いの厚い唇で溶かしているしわがれ声の音楽だ。賛美歌は、それによって、一層、悲痛さの度合いを増し、あの悲哀が大男達の、ヴォリュームのある丸々と隆起した尻の辺りに顕著である。ズボンがパッツリと張りつめている前の方は、世界一巨大なペニスが硬直と睡眠の中間位の状態にある。女達の、赤茶色の陰唇も、涙で潤い、男達のあれをすっかり忘却し去っている。ゆっくりと行列は進む。デキシーランドのジャズがむせび泣く。サキソホーンが、この都市の、いわば泣き屋だ。この楽器のハスキーヴォイスは、ニグロの声帯の特徴を如何なく発揮し、そこには、我々日本人好みの「泣き」さえ加味されているのだ。寅造の『清水次郎長』が不思議と息を吹き返して、ニューオルリンズの葬送の行列の中で石松のとむらいをする。墓地は、北米大陸と地続きのわけだが、星條旗も、U・S・A・のマークも入ってはいない。特許番号や、トレード・マークさえもだ。土はデュビュッフェの『オパールの女』であって、色彩は全くなく、色彩の染みついた物質だけである。棺《ひつぎ》は、宇宙空間での、ドッキングのように、冷静に土中に引き下ろされる。サキソホーンは一段と高音部と低音部を交互に出し「泣き」をうまく、あしらう。アメリカの傷口は、土気色のマニキュアをした黒い甲と、死人の肌をした掌《てのひら》を持つ彼らの手でふさがれる。アメリカは平らな土地になった。誰一人、減ることもない。今迄、地上に居たものが、地下数メートルのところに住居を変え、板に白ペンキを塗って入口に出していた表札を、角石に変えて地面に転がしただけなのだ。突然、彼ら葬送の列が、あやしい空気に包まれる。調子のいい賛美歌が、サキソホーンの中から転げ出る。先ず女達の長目のスカートのすそが舞い出し、隆起した黒い乳房がゆれはじめる。男達の手足が宙に舞う。足並は崩れ、墓地の出口は、若者達でこみ合うダンスホールのようになる。そして、その状態は、ずーっと死者の出た家まで続く。この辺りでは、最も楽し気に行進するのが、墓地から戻る葬儀の列なのだ。涙を流したあとの目が、昂奮と陽気さに輝く様は圧巻である。人間が生きているという証拠が、これ程歴然としている例もまた少ないだろう。

私の美点が、売れたり、読まれたりする目途《めど》を、さしあたって持っていないにもかかわらず、せっせと原稿書きに精を出せることであるように、アメリカの美点、特に、ニューオルリンズの美点は、葬らいの帰りに、陽気にはしゃげるという事である。体中がかゆい。何も、虫はついてはいないのに。恐らく目に入らない位小さなダニか何かがいるのかな。原稿を書きながら、しきりと、体をかかなければならない。

「それに君、人間て素晴らしい交際が出来るもんなんだな。私など、最も非社交的に見えるけれど、その実、最も、社交的なんだ。つまり、世間一般が、ありきたりの、伝統や習慣に捉らわれた形式の中で交際をしているが、あれは、一寸も人間を豊かにする交際じゃあないという訳だ。考えても見給え。人はお互いに、他者に対して、負担を感じ、感じながらも、その負担をがまんして負うことが人の道だとか何だとかつまらぬことを気負って考えたがる」

「はい、全くそうです。殆どの人間は、実際そうやって生活しているんじゃありませんか」

「全く、同感だな。そんな社交なら、全く無い方がいいよ。鳩やおしどりの番《つがい》がいつも仲良く並んでいるといった、本能的な、いや、むしろ、宿命的な、呪いにも近い状態より、更に人間の場合は、各自が求め合って、他者から、自分を豊かにする何かを引き出し、自分もまた、他人に対して何かを与えているという自覚に立って行われるべきではないのかな。私は、確くそう信じている。アンリ・ルソーを大画家として見出した青年ピカソを考えてみろよ。未だ名もない画家志望の若者だった。しかし、友人達と語らって、ルソーの祝賀会をやった。ルソーの死ぬ二年前のことだ、それは。ルソーをして、私と君とは、現代最高の画家だ。え、ピカソ君、と喜ばしめた。それでいて、結局、ルソーは死ぬ迄、世の中からは本格的には認められなかった。死ぬ時でさえ、ピカソに向かって、私は本当に、大画家だろうかねと淋しく言ったそうだ。勿論、ピカソは、その疑う余地のないことを、力説したと思う。ピカソやアポリネールの言ったことは、嘘ではなかった。それにピカソだって、友人であり、詩人であったアポリネールなしで世に出られたであろうか。誰も、ピカソを、危なっかしい絵を超スピードで乱雑に描く若者と思っていた頃、果して誰が彼の真価に気付くことが出来ただろうか。アポリネールなくして今日のピカソは考えられない。中年迄埋れていたシャガールやヘンリー・ミラーを発見した詩人のサンドラルスもまた素晴らしいな。ヴォラールっていう画商が、作品を全部買い占めてくれた時、事実上、ルオーの、人生半分以上の苦闘の成果が顕われたわけだ。こんな関係を指して、真の交際と言うんじゃないだろうか。それに比べると、一般のやっている交際、あれは、交際でも何でもないよ。狐と狸の化かし合いでしかない。そうだ、我々には、アポリネールが必要なんだ。意識せずとも、体の何処かでは、やはり、サンドラルスを求め、必死に期待しているんだな。結局、それだから、堂々と書けるんだし、描けるんじゃあないだろうか。普通の交際の仕方で、我々が何かをやれる気配は全然ないよ。そりゃあ、時には、町中の人が、あなたは偉いとか何とか言ってくれたり、拍手をしてくれるかも知れない。しかし、責任をとることは決してしやしないよ。唯、偉いとか、何とか口先で言うだけじゃあないか。私は、もうそんなままごとみたいなことには無関心になってしまった。言葉と行動の伴う、つまり、何だな、行為の人間が生涯中、一人出てくれることを期待したいわけだ。それを交際と呼ぼう。それ以外は交際ではないよ。事実、私は、既に一人乃至は二人の人と本格的な意味で交際している。ヘンリー・ミラーがまさしくその一人だ。私は、この名前を口ずさむ時、いつも涙をこぼすんだ。文字通り、ぽろぽろ涙が出て仕方がないんだ。彼の励ましと批評と助けがなかったら、今の状態はとても考えられない。それにつけても思うことだが、せめて、一人の人の為でもいい、私に対するミラーの立場に私は立ってみたい。理窟でも何でもないんだ。唯、綜合的にいって、その人をグッと、内部から強化してやれる、そういった巨大な人間になりたいんだ」

「先生」相手の男が言う。少し上ずった声だ。

「その点、先生は、私にとって、まさに、その人間ではありませんか。私がここ迄、引き上げられたということは、到底、先生なしには考えられません」

とさのさむらいはらきりのはか

土佐の武士の剛胆さは、案外その背後に、いい知れない悲哀に似たわびしさを感じさせるところをみれば、田舎武士の、実直一点張りで融通の利かない気質が、無理矢理に彼等に負わせた不当な負担だったのかもしれない。

阪和線の堺で下車し、南海電鉄、阪堺線の妙国前のホームに降りて見給え。そこに、実直な、哀れなまでに実直な「とさのさむらいはらきりのはか」がある。

フランスの艦長等は、壮絶な、二十名の土佐藩士の、一人づつの切腹の光景に胆をつぶし、遂に、十一名までが切腹し、絶息した時「やめてくれ、お願いだからやめてくれっ！」と悲鳴をあげた。おそらく、青い瞳には、こういった鮮血の色は、痛みを伴わずにはいられなかったのだろう。真黒な瞳は、従順で鈍感な動物のように、自分が屠殺されて青いスタンプの押された肉片にされるのも知らずに、喜々として、血みどろの屠殺場に駆け込んでいく生後二か月の牡牛の仔。瞳は真黒だ。

老いた馬は、屠殺場のずーっと手前の入口で、その茶褐色の大きな瞳に涙を一杯ためて、がんとして進もうとしない。馬は、目かくしをされて、屠殺人の前に立つ。最後のご奉公のつもりでか、恐ろしさをこらえて、じっとこらえて、四っの肢に力を込める。

素朴さとは、私心なくして敗北につながる悲しみの道だ。

それでは、私心を激しく抱いて勝利につながる満足の道は、一体、何が裏付けになっているのだろう？

暴虐、愛、憎悪、怒り、笑い、欲望、探求、信仰、希望、絶望、従順、反逆、速攻、静観、突撃、退却。これらが、一つの、貧弱な人間の五体と精神に宿ると、その人間は、否応なしに一種の変貌を強要される。充分なゆとりをもった動作、声音の奥深い響き、眼の中の、威厳に溢れたやさしさ、頬の艶の良さ、首すじに漂う力、胸に漲《みなぎ》る充実感、髪に宿る神秘性、耳朶《じだ》に横溢《おういつ》する緊張感、頤《おとがい》に張りつめている積極性、鼻の穴にひき締まる自信と自尊心、額に輝く天の光、両肩にこもっている殆ど無限にちかい抱擁力、これらが、変貌した人間の外的特徴である。

こういった特徴が歴然としているが故に、彼は、敢えて、自らを虚飾でおおうことはしない。髭ぼうぼうの一休禅師の姿となり、ボロをまとったフランシスの姿となる。

こういった力が鮮明であるが故に、彼は、形式や地位、肩書等で、自分を飾り立てようとはしない。無位無官の野人のままで、堂々と、全世界に号令をかける。アレキサンダーの力は、彼の権力や階級にあったのではない。彼の意識と体臭の中にあったのだ。

神の全能は、大聖堂や大伽藍《がらん》の中に示されてはいない。神の言葉そのものの中に横溢《おういつ》しているのだ。

蟻の生命は、博物誌の中の、昆虫の部の、アリ科の項の解説の中にあるのでなくして、蛆虫の屍体に群がっている蟻の中にあるのだ。

美しい女の香ぐわしい匂いは、彼女の知性溢れる言葉の中や、高級な衣装に漂っているのではなく、彼女の第一性器、第二性器から、直接匂ってくるのだ。

私は、もはや、何一つ他人の賞讃など欲しくはない。その代わり、自分自身が充分に納得のいくかたちで、私自身を賞讃できないとしたら、私は狂い死にしてしまうだろう。

私は、私自身に、私自身の熱狂的なファンになることを狂気のように熱望している人間である。自分を自分が、自分の全存在を賭けて信じ切れないとしたら、一体全体、この世の中にどれほど、ましなものがあるというのか？　全く、そうなれば、この世は闇だ、絶望の香水にどっぷりと浸された、アクロポリスの祭司の入れ歯、オデオンのステージに立つ、処女の月経帯、ゼウスの神の、精液の一杯溜まったコンドーム、素戔嗚尊《すさのおのみこと》の錆び果てた剣、アシジのフランシスの褌《ふんどし》だ。

他人に賞められたいという根性、他人に良く思われたいという意識は、常に、一つの例外もなしに、敗北者の魂に生える黴《かび》である。そういった根性は、間違いなく、独創性を怖がるし、創造性を憎悪する。そして、執要に、技巧といったものに熱中させ、自分の個性の力強い存在を無視するようになる。

『淮南子《えなんじ》』は、このような、没個性的技巧や修練の結果、作為の果てを称して〝人〟と呼んでいる。それに対し、天とは、人間の手の業《わざ》の加わっていない在りのままの姿、状態を指して言っている。

一休は、これを〝工夫〟と呼んでいた。彼は、声を大にして、堕落した仏教の諸派を罵倒《ばとう》している。

「宗門の零落《れいらく》、ことごとく工夫にあり！」

見給え、今日の大半の絵画を！　殆どすべてが、小手先の、貧弱な技だけで描いたものだ。作品の中に、作者がとび込んでいない。作者と作品が姦通していない。作者と作品が共通の言語で対話をしていない。作品は、作者を神のようにあがめて、なおかつ、恋い慕ってはいない！

見給え、今日の大半の文学を！　殆どすべてが、右手の三本の指の所産にすぎない。それも、行動のとれない、勇気に欠けた、いじけきった半人前、四分の一人前の弱虫共が、行動に移せない面を、想像の世界に逃避して、あれこれと、いい加減なことを書き立てる。呆れたものだ。そういった小説の中には、作者独特の生臭い血の匂いが漂ってはいない。作者の痛憤の魂が炎となって燃え上がってもいなければ、作品が、作者に熱中してしまって、溺れ切っているといった様子も更々感じられない。何かしら、空虚で、さっぱりとした秋風が、老衰し臨終《りんじゅう》直前の男の放屁のように、弱々しく、ひんやりと吹き流れているのみ。

見給え、今日の大半の宗教を！　殆どすべてが、巨大な甲殻類の脱け殻と化してしまっている。中はがらんどうだ。祈りには、相手が聴いていてくれるといった自信が全く欠如している。説教の内容の、なんと大げさで、同時に、確信のないことよ。彼等は、誰一人として、この世から足など洗ってはいない。しゃあしゃあとしてこの世にどっぷり浸かり、それで、神よ仏よと適当なこといっちゃってまあ！　今日の宗教には、神の宣託の声が聴えてこない。神の、轟くような確信に満たされた雷《いかづち》の響きが聞こえてはこない。それがないから、宗教家と称する輩《やから》は、やたらと神学や教理を振りかざして、宗教会議やら何やら、野良犬の糞ほどの価値もないことに、憂き身をやつすことになる。

来世で、もっとも手ひどく処罰されるのは、ほかでもない、何々教の教祖だ。信者だとか布教師だと称している不届きな、ふざけた連中であることもほぼ間違いのないことだ。坊主も、教師も、神父も、八つ裂きの刑に処されるであろう。

それにしても、フランシスや一休、良寛等の示した、あの、さらりとした輝ける宗教性に裏打ちされた生き方の偉大なことよ！

一休は、キリストと歩みを同じくして、従来の通念を真向うからたたき割った。キリストは、受肉した神として、むしろ、熱烈な女性ファンの中心で、中性的人物として、その異常な生涯を了ったが、一休は、もっとも人間臭い人間として、その脂ぎった思想と信念と、八方破れの生活態度で、その一生を華やかに飾った。キリストの、律法破棄や、既成宗教に対して真正面から斬り込む態度、およそ、反社会的と見まごうべき激しい態度で、縄の鞭を振りまわし、エルサレムの神殿のまわりで大暴れした姿、しかも、それを、冷静な表情と口調で「一体あんたは、どうして、そのようなことをするんですか、無態な！　一体何の資格があって、こんな迷惑なことをしでかすんです？　みんな、まじめに、一生県命働いているんですよ」といって責めたのは、当時の宗教人達であった。

こういった光景をみれば、誰だって、頭にカーッときて大暴れしているキリストの方を悪いと思うにちがいない。モラルの意識の中で、キリストは、まさしく、悪《わる》であった、最大の悪《わる》であった。しかも、そういった、至極おだやかな宗教人達の、理路整然とした質問に対して、キリストは、完全にまじめな対話を無視した。

「さあさあ、文句があるなら、この私をたたき殺してみたらいいんだ！　自慢じゃあないが、私は、くたばりはしないぜ。この神殿をたたきこわしてみなさい、私は三日間で立派に再建してみせよう」

まるでとんちんかんな、すくなくとも、彼を責め立てている宗教人達にとっては、ちぐはぐな珍妙な議論をふっかけて煙にまいた。

偉大な予言者や、巨大な精神の持主は、たいてい、冷静で、非創造的な人々の、いやに乙に澄ました対話の誘いに乗ってはいかないものだ。むしろ、傲然と、自分流の議論と言葉でもって、歌うように、飛ぶように、生命のぬくもりさえ感じられ、切りつければ鮮血がほとばしりでるような、真に、その人物の〝人間〟と直接つながっている言葉を吐いて、一種、形容仕難い真理の世界を、万華鏡のように、華麗に、鮮やかに展開してみせる。

幸か不幸か、偉大な人物は、彼が啓蒙すべき社会との対話を厳しい態度で拒否する。それは、神についても同様だ。

神を、慈悲と救済の対象としている万人に対して、平易な対話を拒絶している。日常的な発想と思念を通しては、到底、神を把握することができない。極端に傷つき、悶絶《もんぜつ》する人間だけが、ようようにして、神の言語の理解者となれる。

「神の言葉を聞いたって?」

人々は、そういう体験者があらわれようものなら、まるで、信じられないといった表情で、素頓狂《すっとんきょう》な声をあげる。

精薄者が、難解な外国語を自由に聴き取れるといった放れ業をやってのけるのをまざまざと目撃した人間よりもはるかに大きなショックを受けるものだ。

神は、それ位、厳然として、平易な対話を拒絶する。万人に対して、溢るる慈悲を抱きながら、敢えてそのように振舞っている。それは何故か、私にも分らない。また、分かる必要もないことなのだ。

一休のあの狂気の生き方はどうか?

女を抱き、男の尻を追いまわし、酒に溺れ、宗教組織に向かって悪口を言い、あらゆる意味において、文明の尊厳を、思いきり足蹴《あしげ》にした痛快な人物。

彼が女を抱く時、それは、カサノヴァの心境よりはるかに荒《すさ》びた魂の発する光の屈折があったろうし、ドン・ジョヴァンニの思慕よりも一層明瞭な映像が、彼の脳裡《のうり》には刻みつけられていたはずだ。

彼が男の尻をのぞき込む時は、どこか一本ネジの抜けたようなおいぼれの稲垣足穂が、にやにやしながら、口角に泡を吹き出しながら、糞臭い肛門の周辺をうろちょろする心境にもなっていたろう。

酒に酔いつぶれた彼は、あたかもデオゲネスの広大な魂の翼をひろげて、人間精神のあらゆる空間を、自由に飛翔《ひしょう》しつづけたことであろう。

一休の書体はどうだ！

一字一字が、すっかり、従来の伝統的な尊厳をまるつぶれにしている。もはや、あれは書道とは無縁のものだ。筆や墨や紙は、単に、お義理程度に使われているにすぎない。地面に、棒片れでもって書かれる方が、はるかに味わいがあり、また、すっきりとしてくるような書体である。

何年か前、マチューは、書道の何たるか、その意味も分らずに、筆と墨をもって書道と対決した。アンドレ・マルローは、同胞の彼を讃えて「ああ、遂にフランスにも、東洋の神秘性を宿した書道に対抗できる書家が出現した!」と叫んだ。

そう、マチューは、あれで、充分、書家であり得た。

漢字の意味が分らないことなど殆ど問題とはならない。

誤字、脱字だらけの文を書いた良寛にしてみれば、当然、

「分らない奴には、正しく書いてみたところで分かるものではないし、分かる人間には、間違いだらけでも分かるものだ」

という気分であったのだ。

一休は、一つ一つ、書体が違っているとまで言われている。

そこには、見事に非統一の美が展開している。従来の書道の感覚からいけば、とても危っかしくて見てはいられない不安定な書き振りであるかもしれない。だが、草森紳一が言っているように
「書はその意味で肉体の行動であった。書は観想ではない。行動なのである。」

が眞実であるとすれば、一休の書体は、行動の書体以外の何ものでもない。

どんなに書道に親しんでいるわれわれ日本人であっても、よくよくその書風を観察してみれば、中国人のそれとは、どこかが違っている。しかも、その違いは、根本的な点についてであり、本質的な問題に触れていることをはっきりと知らされる。

中国人の書く書体は、草書に近くスピーディに筆を躍らせていっても、どこかこう、楷書体の、構成の固さが感じられる。

つまり、いくら崩しているようでも、一寸も崩れてはいないのである。

英国人達の筆法が、それとどこか一致していて、何となく全体から受ける感じが、棘とげしい。

それに対し、日本人の書風には、全体的に、やわらかい丸味が感じられる。丁度、フランス人の、丸味を帯びた筆法に良く似ている。

漢字は、もともと中国大陸にその発祥をみた文字であるから、日本のような外国の風土の中では、その文字の本来のうま味が発揮されないという意見もある。あるいはそうかもしれない。しかし、それにしても、ひらがなやかたかなの、あの流麗な筆法は、漢字言語に依存しているとはいえ、あの、かな独特の書道によって、土着の何かが、大きく日本人の言語の中に導入されている。

漢字は漢字でも、一休の書体になると、もはや、中国大陸の如何なる伝統や思想も介入してくることが許されなくなったことを、その入口で、痛切に思いしらされるのである。

一休は、完全に、彼自身の漢字をつくり上げたといってもさしつかえはない。彼は、自分の言葉、自分の口から、恣意《しい》的にとび出してくる言葉を、一種無雑作な方法でデフォルメし、彼自身の願いに応じ、全く屈託のない大らかな遊びの手段とした。

中国の風土の中で自然発生した漢字の体質の一切を無視して、単に漢字の形骸《けいがい》を用い、その内部と外部に、自由奔放に自分の華麗な欲情と崇高な意志をまぜ合わせこねつけて、れっきとした一つの新しい文字に甦らせてしまった。一休の文字は、もはや、漢字ではない。中国人達が、彼等の体質と発想機能に有機的につながった文字として誇るところの漢字ではないのだ。それは、全く中国調、中国臭とは絶縁された、日本の風土の産物、一休の落し子である。

一休の、乱れた、垢だらけ、しらみだらけの長髪にも似た筆づかいが、紙面一杯に躍っている。

アメリカを、知的に旧大陸から独立させたのは、エマーソンだと言うわれている。エマーソンは、もはや、伝統的なヨーロッパ大陸の知性の一切、思考形式の一切に背を向けてしまった。

コンコルド森の中で、自らの主張の中に大きく誕生することを願った。そして、まさしく、その通りになった。

一休もまた、これと、ほぼ同様のことをやってのけたのである。

こういった偉業は、同時代の人々に、狂人の業、狂気の沙汰としか理解されない。しかし、彼等は、一様に、それでよかったのだ。心にはっきりと決めていた。目覚めぬ人々によっては狂人の名を冠せられることや、変人、奇人、悪魔の称号を呈せられようとも、それを甘んじて受けようと、確く心の中で誓っていた。

エマーソンは、従来のキリスト教の通念を踏み越えて、敢えて、教会内からは、〝背信の徒〟呼ばわりされた。

一休は、仏教の、ありとあらゆる禁じ事を、平気で踏みにじっていった。殺生も平気で行うのだというデモンストレーションのためか、彼は、その腰に刀を差していた。淫行は、彼にとって、健康至極な男の花道であり、人間の道であった。盗みもまた、この上ないレクリエーションだったのだろう。虚言も平気だった。山本常朝は「一町歩く間に七度以上嘘をつけない奴は、まともな武士にはなれない」と言っているではないか。

エマーソンもそうだが一休もまた、こういった、周囲の者には、危っかしくて見てはいられないといった気分に誘い込むほどの極端な生き方を堂々と行ってはばからなかった。

それだけ、彼等は必死だったのだ！

ああ、それにしても、『葉隠』で繰り返し繰り返し使われている〝死に狂い〟という言葉のなんと美しく響いてくることか！

エマーソンも一休も、死に狂いの男であった。法然も親鸞も、日蓮もみんなそうだった。彼等は、本物を見た！　だから、形式だけが豪盛華美であって中味のないあらゆる現世のことに、きっぱりと絶縁状を突きつけたというわけだ。

私も、今迄、筆をにぎり、ずいぶん漢字やひらがなを書いてきた。漢詩や日本の古典文学など、一体どれ位書いてきたろう。下手くそな書き様であることははっきりとしているのだが、それでも、ずいぶん、これに熱中し、没頭してきたものだ。『徒然草』などは、全段を写すだけではなく、上下二巻の和とじの本にしてしまってある位だ。だが、それでも、遂に一度も、自分自身の書体を書くことはなかった。下手は下手なりに、既成の、みにくく、ひき吊った、生命の抜けている屍殻のような形に熱中して、書く人間の生き方を、そっくり、そのまま、書体にあらわすという秘訣については、ついぞ、思いつかなかったのである。

つまり、どこまでいっても、糞面白くもない、はじめから終わりまで、かっこうをつけることで精一杯な、模倣の、だらしない腰付きであった。自分の形を打ち出すなどといったことは、考えてもみないことだった。はじめから、美しく威厳の具わった書体とはああいったものだと、動物のように無反省に、蛆虫のように、もくもくとこれに従っているだけだった。思えば情けないことであった。

既に、私の生き方は、かなりの程度、自分自身のものになってはいながら、書体に関する限り、俗の俗、凡の凡でしかなかった。

しかし、良寛や一休の書体を見て、おもいっきり、私は横面を張り倒されてしまった。目の玉のとびでるほどに、彼等の書体に溢れ張っている霊の激しさにどやしつけられ、軽蔑されてしまった。凡俗にしっかりと肉を寄りそわせていたこの体が、見事に押し倒され、背骨がひん曲るほど、角棒でぶちのめされたのだ。

私は激しい苦痛の中で、何度も何度も意識をもうろうとさせながら、それでも、限りない、形容仕難い喜びに浸っていた。

私は涙をこぼしながら、背骨の痛みに、うんうん呻きつつも、晴れ晴れとした勝利感に酔い痴れていた！

私は、ここに、もう一つ、はっきりと、一つの奥義《おうぎ》を発見してしまったのだ！

私自身の書体が生まれた！　私自身の血の通った、欲望の息づいている、生々しい書体が完成したのだ！

それは、上手下手を、とうに通り超して、一つの生き物、一つの星にまで凝縮した、何より確かで具体的な書体だ！　これこそ書道なのだ！

一休の書体を見給え。書きながら怒りがこみ上げてくると文字が、激しくスピードを増し、その突端が厳しく鋭化し、この世の空しさを笑い飛ばして軽蔑する心に満たされると、俄然、書体は軽くなって、ふわふわと進む。永遠の真理に直面する時の筆力はどこまでも重々しく、深度二万メートルの深海魚の動作となる。一寸でも冷たい風が、彼の鼻をくすぐって、くしゃみが出ると、それに合わせて、書体は曲がり、ゆがみ、ふるえがあらわれる。放屁の瞬間さえ、はっきりと、精密地震計の記録のように、その筆勢の中に、微妙にあらわれている。

私の作文態度は、れっきとした行動であると自負しているが、一休の書風もまた、行動以外の何ものでもない。

一休は、何一つ、模倣しようとはしなかった。万事においてオリジナルな男であって、模倣する生き方は、あらゆる悪の根源であると、彼は断じていた。

模倣とは、～らしく、～みたいにといった非創造的志向から生じる行動であって、そこには、自尊心が完全に冷遇され、虐待されている。誇りに溢れた人物は、自分の生き方をするに決まっている。誇りに満ちた生徒や弟子は、決して、教科書通り学ぼうとしないし、教師の定石に叶った教授法を、そのまま、素直に受け入れていこうとはしない。

そうではなくして、まるで、盗人の要心深さで、絶えず教師の一挙手一投足に、その語り出す一言半句に全神経を集中させて、機あらば、ごっそりと、真理を盗み出そうとする気構えでいる。その通りだ。学ぶとは、かすめ取ること、盗み出すことにほかならない。師から弟子に、礼に叶った作法で譲渡されるものの中で、弟子の身につくものは何一つありはしないのだ。

本当の力ある、影響力ある教師に就いても同じことがいえる。

何を教え込もうかとか、どのように教化してやろうか等と意気込む教師は、もうそのことで、偉大な教師の資格を失っている。一人の人間の一生涯を支配し得る影響力を保有する教師の誉れを放棄してしまっているのだ。

底知れないほどの深味と、計り知れない広がりと、数えきれない量の知識を具えている、一種、不可思議としか呼びようのない教師というものは、実際、そういった意味での教師の出現は、人類史上、そうめったにあるものではないのだが、そういう人格は、決まって申し合わせたように、自分の教師であることを否定するものだ。いや、それ以上に、こういった巨人の体質の中に、人に教えてやろうとするような殊勝な心掛けは全くないのである。巨人の性格が本物であればあるほど、自分の問題に、嵐のように追いまくられているものだ。世のため人のために等と言う教師や指導者にかぎって、自分自身が稀薄であるから、人の一生の生き方を支配できるような激しく大きな影響力は持っていないものである。

巨人は、常に独白する。対話を全く拒否する。巨人の弟子達は、盗人のすばしっこさで、巨人の独白を盗み聴きし、それを自分の魂の中に消化してしまう。巨人は、以前、一つの例外もなしに、その前の時代の巨人の弟子だった。しかも、すばしっこい盗人のような弟子だった。

巨人の不在な大学では、学生達の心が満足するはずがない。学生達もまた、盗人のような責任ある弟子になるチャンスが与えられていない。学院騒動が起るのも当然のはなしだ。

本当に、真の教養人や知識人をつくり出すのに、全世界中の学校は、その任に耐えなくなってきている。少しでもましな人物は、学校から、何一つ、人間を確立させるものを受けられないことを知っている。学校生活は、心ある学生にとって、そういった不条理を目撃し、それにじっと耐え、無益な時間を、無益と思わずに、じっとがまんしつづける荒業の期間なのだ。

学校は、そういった、ごくわずかの、心のめざめている学生達を除いては、阿呆が、オナニーをやって、何か致命的に重大な問題を忘れて暮すのに、とても都合の良い場所なのだ。

私の読者である大学生の一人は「学院の中で囚人生活をしている男、囚人番号、一三五九四」と書いてよこしたことがある。

自分の書体が分った人間は、極く自然の成り行きで、その書体を、単に書体のままにとどめておくことなく、その人独特の精神のフォルムに昇華させていく。

書道も絵画も文学も思想も、すべては、一つのものに還元されていく。それらが本物であれば、至高のレベルに帰一されていくのだ。

それらは、その人間の自画像にほかならない。どんなに崩した書体であっても、どれほどデフォルメされ、超自然の領域にどっぷりと浸されていても、その人の手に成る絵画である以上、その人の口から溢れこぼれた言葉である以上、生々しく、その人物の人格と生活のスケールの、眞迫性を伴った自画像にほかならない。

この際、謙遜は、悪徳でこそあれ、美徳ではないはずだ。

『葉隠』のいう、高慢な心、国中で自分と並ぶ者がいないといった程ののぼせ上がり、私よりすぐれた家来がまたとあろうかといった確信——文明化された頭脳には、殆ど救い難い妄想、つけ上がりとしか感じることのない自負心こそ、創造的な人間にとっては、必要欠くべからざる条件なのだ。

そこまで自分を追い上げてしまった一休には、もはや、踏み迷ったり、踏み外したりするおそれのある道はなくなっていた。

自分自身が道となってしまった以上、極くのんびりと生きているだけで、既に、その人物は、道の中央を安心して歩いていられるのだ。彼の狂気は、自由自在に、恣意《しい》のままに吹き荒れ、これを押さえたり、規制したりできるものは、何一つ存在しなかった。

自然の延長としての自分を意識した良寛もまた、風の様に生きた。良寛の〝風〟に対して、さしずめ、一休は〝炎〟に例えられるだろう。風も時には、ものを破壊し、崩すこともあるが、たいていは、おだやかに吹き流れ、太陽の輝きと同調して、万物に、限りない生気を与える。一方、炎は、接触してくるものを容赦なく焼き尽くしていく。寸分の妥協も、そこには感じられない。

彼等の書体は、既に、書体の常識からはみ出ている。それは、とうに文字ではない。彼等の魂の陰刻乃至は陰画紙なのだ。その辺に、うろちょろしていて、書画を愛するなどと寝言をほざいている無責任な野郎共には、決して顔を向けることのない、余りにも傲然としたポーズがそこにある。彼等、魂のぬけ殻のような人間共の鑑賞に耐えるような作品ではないのだ。そうなるには、余りにも羽目を外しすぎている。

余りにも規則からはみ出している。

ただひたすら生きようとする人間の心にのみ、絶大な励ましと勇気と自信を与える書体なのだ。

ルネ・マルグリットは、一連の、あの独特な〝錯覚の絵画〟を通して、従来の絵画が不注意にも抱きつづけてきた悪習を、根絶しようと、大きな野心に満たされて発言をした。

彼にとって、どんなものでも、そのものに一層ふさわしい別の名称が見つからないほど、従来呼び慣わされてきた名前と、深くは結び付いていないのだ。

彼は、従来の名前を、耳には、口には、ひどく慣れてしまっているものなのだけれども、より一層ふさわしい名、より一層ぴったりとくる名、より正確にそのものを代弁し得る名を、勇気をもって、ひたむきに慕い、探し求めつづけた。

三十才になるまで、一度として、本当の恋愛をしたことのない激しく純粋な人妻、ただ、生命《いのち》取りの先天的心臓病の持病がある故に、半ば捨鉢になって結婚し、婚家の家業に精を出していたのだが、その年になって、はじめて、彼女に言わせれば、一人の女が、たった一つしか持ち合わせていない眞実の愛を、五十を過ぎた中年男に献げることが出来た。これは、余りにも激しい眞実の恋だった。われわれ周囲の者は、まともに目撃するには、その炎の火力にあおられ、その強烈な輝きに目がくらんでしまって、どうしようもない程の光景なのだ。

彼女は愛をはるか高く、沖天《ちゅうてん》に燃え立たせ、ひた走りに恋の山頂にまで突っ走って、登り詰めてしまったのだが、

「その山頂には、そうそうと身を刺すような冷たい風が吹き抜けているばかりでした！　霄里先生！」

と彼女は、私に、絶叫して知らせてくる。

「ああ、あたしは、あの人に、私の生命そのものを献げてしまった！　だから、だから、今こうして悶絶の苦しみに耐え抜かなければならないのです、霄里先生！」

この様に、必死に燃え上がる女の恋の炎に、その男は、何とも残念なことだ、その愛を、その激情を受け入れるにふさわしい巨人ではなかったのだ。

在米中の彼に、彼女は、国際電話をかけてもみた。そして、その時の印象を彼女は「あの時の冷たい言葉が、今、壮絶に甦ってくるのです」と告白している。

彼は、彼女のこういった、嵐のような態度に、辟易《へきえき》し、たじろぎ、不安になり、あ

たりをキョロキョロと、自信のない目つきで見廻わした。それは、あの感受性の強い、ひたむきなこの女性には、はっきりと伝わってくるのだ。

「あたしは、自分の心の内側の、神から通報されてくる声に耳を傾けるんですわ」と言う。もはや、彼女は、凡百の女共とは比較対照することのできない妖精になり切っている。それは、ますます、凡俗な心と神経しか抱いていない相手の男にとって、不安の種を増し加えることは明らかだった。

ところが、彼女は、ここ三か月ばかり、全く、今迄に一度も出会わなかった巨人の思想に触れ、それのみか、その巨人から、直接、パンチの利いた強力な手紙を貰っている。そしてこの三か月、彼女は一度も、その男に手紙を書かないでいる。その代わり、狂ったように、北方の山陰に棲息している巨人に、手紙を書きつづった。今迄、親にも兄弟にも、夫にも誰にも打開けていなかった秘密さえも、その巨人にすっかり告白した。彼女は、手紙の行間で泣き叫んだ。恋に狂い、子供のように甘え、天使のように翼をひろげて夢を見た。巨人のペニスの押しつけられた便箋上の痕跡《こんせき》に、いつまでもいつまでもキッスをつづけた。彼女も〝女〟そのものをはっきりと便箋に押しつけてkeep kissing it!と叫んだ。

「あたしはじめてよ、キッスして、こんなに離れるのが辛く感じたこと、今迄に一度もなかったわ」

彼女は、すっかり万葉時代の、いや、それ以前の、一層神々に近い特徴を具《そな》えた人々の仲間となって、北方の巨人を男神と思うようになっていった。

「あたしの神様！」

彼女は、心の底から、振りしぼるようにして、そう叫ぶ。

その間にも、アメリカにいる中年の男からは、月一度の割で手紙が舞い込んでくる。彼女が急にさっぱりした態度になったとみるや、今度は、彼の方が多少積極的になってきたという次第。

この男は、本質的に女性がかったタイプの男性である。女にしつっこくされると逃げ腰になり、女がさっぱりしてくると、今度は、執要に追いかけてくるのである。

愛、恋、――こういった、名前以上にふさわしい名前が、このような人間の内部の、妖しくも激しい心の嵐の現象にとって、もっともっと沢山あるはずだ。これは愛じゃない。恋でもない。もっと神秘的なもの、神のいたずら、宇宙の吐息、天の川の洪水、アンドロメダ星雲の葬いの歌、太陽系の見る夢の骨格、ペガサス座の森の中に繰りひろげられる〝過ちの夜〟。

更にルネ・マルグリットは言う。

「名前がなくても済むものがある」

そう、まさにその通り、本当に激しいものは、名前などいらないね、恋に悶絶している万葉の香り豊かな女性よ！

本物は、眞実のものは名称など不要なのだ。そのものの、激しく、情熱的な働きそのものが、れっきとした名前であり、肩書であり、年号であり日付なのである。もし、どうしても名前が欲しいとせがむ奴がいたら、それは、きっと中味が偽物であるにちがいない。骨董品の偽物には、一つの例外もなしに、きらびやかに、名工、名匠の銘が彫りつけられている。

うぶ声をあげる時、われわれは、その赤兒に名前をつける。社会の片隅で、自己を失くして、ロボットのように、そのいじけた一生を、非創造的に了らせようという、病みほうけた、だらしのない親心からそうするのである。

本当に、その赤兒に巨大な存在を感じるなら、なにも、名前など付けずに、適当に呼んでいて、成人するまで待て！

成人した時に「お前の名は何だ？」

と、親や兄弟は、質問すべきなのだ。

巨大な人物なら、にやりと笑ってから、らんらんと輝く、鋭くて、同時に暖か味のある眼射しでもって「私の名はソクラテス」とか「俺はイエス・キリスト」と、誰はばかることなく自己宣言するはずである。

名称を与えるのは無我のみにかぎられ、名前をつけられるのは、死人のみにきめられていたのだ、原生人間の間では。

更に、ルネ・マルグリットは言う。

「物それ自体は、その名前、乃至、イメージと同じ働きをすることは絶対にあり得ない」

私はこの言葉を、多少、名詞を入れ代えて、次のように口ずさんでみた。

「愛それ自体は、その愛という名称、乃至愛のすがたと同じ働きをすることは絶対にあり得ない」

愛は、言葉では捉えられない。人間の編み出した文章の檻の中に、おとなしく囲われている程、ひ弱な愛は、いまだかつて、一度として存在したためしがないのだ。

愛は、自由に飛翔し、無限の彼方を志向して、絶大な歌を歌いつづける。愛は、人間が掴み取るものではない。ましてや、愛を、人間生活のどこか一部の片隅で飼育しようなどといったことは、とても望めることではないのだ。

愛とは、逆に、人間の方がその中に捉われて、溺れ切らなければならないものである。

愛は、いわば、一つの宇宙だ。その最果ては存在しない。無限にひろがる空間であって、同時に、湾曲した領域であるから、直進した光も、巨大な弧を描き、やがて、光の発した元の処に戻ってくる。無限の広がりの中に、有限の輪となって回帰している不思議なもの。

更に、ルネ・マルグリットは言う。

「一切のものが、物と、それを表現するもう一つの物の間には、殆ど関係のないことを示唆しようとしている」

愛という言葉と、愛そのものの間には、何ら関連性がないと主張している。これはただごとではない。

愛という営為にとって、それは、致命的な発言かもしれない。

恋人達にとって、今迄、交わし合ってきた、様々の愛の表現の追憶は一体どう処理していけばいいというのか？

神の愛と、聖書に記録されている神の愛の証《あかし》の間に、馬車の両輪の関係は成立し得ないというのであろうか？

仏の慈悲そのものと、経典が伝えている内容との間に、百パーセントの断絶があるというのであろうか？

そうかも知れない。われわれは、聖書や経典の中に甘えてしがみついていてはならないのだ。神そのものと対決しなければならない。仏そのものの懐にとび込んでいかなければならない。ラヴ・レターの文字の中に愛のエクスタシーを追い求めるな。文章を、そこまで激しく、華麗に書き上げうたい上げた、男のたぎる情熱そのものの中に溺れてこそ、恋は実感されるのだ。

恋する者達よ、お前と、お前の恋しい人との間に、それが、二人の手でもって書かれた、切々たる愛の手紙であろうと、介入してきてはならない。二人は、間に何一つ挟まずに、対決すべきなのだ。愛の言葉すら、干渉してはならない。二人は瞳と瞳で、合体すべきなのだ。魂と魂で、肉と肉で、盲人同士の、互いの存在のまさぐり合いのような出会いが何としてでも必要なのである。

愛のために、表現や、仲介者や、証文や、誓約書が必要となる時、その愛は、ひどく恥を負わねばならない。愛は、本来、愛自体で、立派に表現可能であり、仲介者を必要とせず、愛の肌そのものが証文となり、誓約書となり得るはずなのだ。

明確に独立しているものは、あらゆるものの仲介を拒否する。あらゆるメディアを敵視し、かつ憎悪さえするものだ。

自ら然《しか》ある存在——これが独立しているものの基本的姿なのである。

ヒエロモス・ボッシュの絵画の、あの混乱はどうだ！　あれは、まさしく、文明の諸様相を造型的に演繹し、帰納した結果の映像にすぎない。肉体も、女性も、花も、けものも、聖者も、十字架も、処刑場の陰惨な光景も、何も彼もが、現代文明の悲しみを、余すところなく再現している。

ジャズ音楽の騒がしさと、いつの世にも、社会の無責任な眠れる部分に戦慄を与えずにはおかなかった激しい若者達の歌声と、むせ返る体臭のミックスした、強烈な匂いのたちこめているボッシュの画面。美しい愛が、やさしい恋が、慕わしい憧れが、甘い想い出が、こういった環境に育たねばならないという運命に、私は、じーっと目をやる。そして、思わず、ポロポロと涙をこぼす。それは、熱い涙だ。何というやりきれない悲惨！

愛や恋や憧れは、それでも精一杯にたくましく、愛は愛らしく、恋は恋のように、憧れは憧れのように生き抜こうと、立ち上がる。

この地上には、文明が、その独裁の魔手を地表の全域にひろげて以来、全く、愛や恋や憧れにとって住めない汚染区域になってしまった。こういった領域に芽生えるのは、弱々しい奴等の、外見だけの強がる偽善と偽悪と、誠意のない人間の、空しい饒舌と、悪意のある人間の、みせかけだけの善意などだ。良寛が、子供らと遊びたわむれていて、とうに子供らが家に帰ってしまったのに、ものかげに半日も本気になって隠れていられたのも当然のことだった。一休も、親鸞も法然も、一様に、狂気の様相を呈したのも、至極、当り前のことであった。

まともな心のある人間は、そうでもしない限り、気違いになってしまうところなのだ文明圏とは。ある人は言った。精神病院に入れられている人々は天使の心を抱いた者達であって、その余りにも純眞心であるだけに、ひどくデリケートで、文明の悪どいモラルやタブーの中で、限りなく薄汚い義理や人情の中で、悪臭のぷんぷんと匂う規則や作法の中で、神経がまいってしまった不幸な人々なのだ。

本当に文字通り、頭のてっぺんから足の爪先まで天使であったなら、その人間は、五、六才まで育てば、自然に心と肉体をすりへらして死んでしまうにちがいない。

私の弟も六つで死んでしまった。死んで冷たくなった顔に、声にならない声で泣きながら、何度も何度もキッスしてあげた。

一寸も汚なく感じなかった。彼は天使だった。人語を解し、このくだらぬ兄貴が買ってやった飴をしゃぶり、映画に行こうというと喜んでついてきた、ひどく謙遜した天使だった。それにひきかえ、この私ときたら、まるでどぶねずみ同然だ！　頭のてっぺんから足の爪先まで、汚れに汚れている。蛆虫だ。犬だ。豚だ。まむしだ。私は、今、これを書きながら、涙をこぼしている。本当に私は馬糞のような人間だ。石ころだ。トンボの死骸だ。カマキリのはらわただ。青虫のどろりとした緑の血液だ。銀蝿だ。だにだ。さなだ虫だ。廻虫だ。

私には、何一つ、良いものがない。すべてが、うんざりするほど汚れに汚れ、腐りに腐り果てている。私は何一つ誇るものがない。宗教といえば、くだらない、自己のない連中と一緒に、何年間、チーチーパッパみたいな、幼稚で中味のない眞似事をやってきたことか。寺院にも、教会にも、まともな信仰の要素など、けし粒程もありはしないということを、悟るのに何年かかったというのか！　この大馬鹿者奴が！

教育という、この偽善に満ちた、虚しい行為の中に、一体、今迄何を憧れていたのだろう。阿呆さ加減も、ここまで徹底すると、笑うこともできやしない。うんざりして、無精に腹がへるだけだ。

私は、三十もとうに半ば過ぎたこの年になって、やっと、自分の道をさぐり当てた大間抜けである。大杉栄や石川啄木等、気の利いた連中は、私の年には、さっさと飢え死するか、病死するか、たたき殺されることによって、さっさとこの世をおさらばしている。私みたいな、のほほんとしている人間は、のこのこと人生の半ばをとうに越した時点にさしかかって、やっと人生に開眼するというまどろっこしさが常につきまとっている。

事実、私は三十を過ぎてから生まれた男なのだ。十八の年以来、世の中のしきたりの一切から足を洗い、自分の命令によって行動し生きようと決めた人間だったが、それでも、かなりしばしば、周囲の人々に対して、社会の各種の組織に対して、物欲しそうな眼付きで、指をくわえて、色目を使ったものだ。

だが、今では大丈夫。一寸でも自分自身に自信がなくなると『葉隠』や、大杉栄の著作や、ドストエフスキーの小説等に目を通すことにしている。そうすると、忽ち自信を回復する。つまり、私が自分を失うというのは、ほかでもない、自分のやっていることが、どうも俗物のやりそうな薄汚いもので一杯だという不安にかられることなのだ。しかし、痛憤の書といわれている『葉隠』や、怒りと反逆の書と呼ばれている大杉栄の一連の著作や、水銀のように比重の大きな、陰鬱で沈痛なドストエフスキーの一連の小説が、私の書いたものより、はるかにおとなしくて、こじんまりしていて、毒気が少なく、軽々しくて、思想的厚味がなく、からっと晴れ渡った、いわば五月《さつき》の空の鯉のぼりの口の中からのぞける青空みたいな文章に、ほっと一安心するのである。

それにしても、私自身は、一寸も、自分の在り方に、これで満足だとは思っていない。常に俗っぽい匂いのたちこめている自分にうんざりし、怒りさえ感じているのである。

一作ごとに、私は、前回の作品を否定して、一段と高く、峻険な山頂に向かってよじ登っていかなければならない。昨日の生活は、今日の生活と何らの関わりも持たない。昨日という墓標の下で、一切は反古《ほご》にされ、きれいさっぱりと葬られてしまう。

昨日のない人間として今日を生き抜く時、その人は、明日に何一つ望みを託すことなく、今日の人生を何一つとして明日に持ち越すことなく、明日をしっかりと我がものとできる。

自己を放棄してしまうにかぎる。すっぱりと、自分の首を断ち斬ってしまうのだ。自分を捨ててかかれ、死に向かって一目散に突っ走れと教えているのは武士道の教科書ではなかったか?

人生は、昨日―今日―明日と、細長く、だらしなく一直線に伸びている褌のようなものではないのだ。

人生は、石ころのように、固くて、ころころしている。前も後も、きっぱりと断絶している。右も左も、深渕に挟まれている。頭上には悪魔がいる。足下には火炎が舞っている。

いささかの身の動きも、致命傷の危険をはらんでいる。

だからといって、動かないで、阿呆面をしているわけにもいくまい。『ダニエル書』に出てくる三人の賢い青年達は、七倍の火力で燃やされている炉の中を無傷で出て来たということだ。私は、これら三人の青年達の奇蹟を信じよう。

私は、図々しくも、不届きにも、荒武者の風采でもってこの危機から出ていくのだ。

昨日はすっかり忘れてしまった！　明日なんかなくたっていい。今日一日を、この一瞬を、声のかぎりに人間の歌を、私自身の人間の歌を、高らかにうたおう。愛を味わい、恋に燃え、怒りにふるえ、悲しみにもだえ、涙と熱気と欲望にどっぷりとつかり、一寸先に設けられてある、煮えたぎる油壷に蹴落されて即死していく囚人のように、この一瞬を、たくましく、濃厚に、充実させて生き抜こう。

「とさのさむらいはらきりのはか」が、私のために、雲の彼方、朝日のバラ色に輝くあたりに建っている。

ああ、私の墓よ、雲の彼方の華麗なる墓よ！　その名は、感情のたけり狂うまま、分別をなくし、あたかも犬死にのようにして死んでいった十一人の土佐武士の墓。

「とさのさむらいはらきりのはか」

上野霄里

１９３１年生まれ。１９５９年キリスト教布教で訪れた岩手県一関市に居住。１９７０年、氏の『単細胞的思考』が出ると知性圏に戦慄が走る。その後教団と絶縁。以来独自に、思想、哲学、文学、宗教に関し反文明理論執筆を展開。『放浪の回帰線』『運平利禅雅Ｉ』『誹謗と瞑想』『離脱の思考』『星の歌』『単細胞的思考－複刻版』その他を刊行。なお、ここに来て、著者と米文豪、Ｈ・ミラーとの膨大な往復書簡集の閲読を望む読者の声が多い。２００１年、著者は岐阜県各務原市に移住。瞑想と執筆に一層意欲を燃やす日々を送られている。本書『運平利禅雅Ⅱ』は既刊の同名パートＩに続く完全未発表作品パートⅡである。

宇《う》模《も》永《えい》造《ぞう》

上野《うえの》霄《しょう》里《り》

明窓出版

平成十六年九月一日初版発行
発行者――増本 利博
発行所――明窓出版株式会社
〒一六四―〇〇一二
東京都中野区本町六―二七―一三
電話 (〇三) 三三八〇―八三〇三
FAX (〇三) 三三八〇―六四二四
振替 〇〇一六〇―一―一九二七六六
印刷所――株式会社 ナポ
落丁・乱丁はお取り替えいたします。
定価はカバーに表示してあります。

ISBN4-89634-158-9
http://meisou.com Eメール meisou@meisou.com

『単細胞的思考』

上野霄《シヨウ》里《リ》著　本体三六〇〇円

『単細胞的思考』の初版が世に出たのが昭和四四（一九六九）年、今年でちょうど三〇年目になる。以来数回の増刷がなされたが、今では日本中どこの古本屋を探してもおそらく見つかるまい。理由は簡単、これを手にした人が、生きている限りそれを手放さないからである。大切に、本書をまるで聖書のように読み返している人もいる。

この書物を読んで、人間そのものの存在価値に目醒めた人、永遠の意味に気づいた人、神の声を嗅ぎ分けることのできた人たちが、実際に多く存在していることを私が知ったのは、今から一〇年ほど前のことである。

衆多ある組織宗教が、真実、人間を救い得ないことを実感し、それらの宗教から離脱し、唯一個の人間として、宗教性のみを探求しなければならないという決意を、私が孤独と苦悩と悶絶の中で決心したのもその頃であった。これは、私の中で、すでにある程度予定されていたことなのかもしれない。――後略

中川和也

「星の歌」「単細胞的思考」以外の本は他の出版社（現在は閉鎖）発刊の本です。

そのためこの本は、書店さんではお取り寄せできません。小社に直接ご注文下さるようお願いします。これまであまりにもご要望が多いので、当社において手を尽くして集めました。そのためいたんでいる本（カバー=擦れ傷、汚れ）があります。価格も仕入れ価格（初期の定価より高い）を設定しています。そういうことで、在庫数も十数冊（品切れ間近）というところです。

離脱の思考――原生人間復権のための試論――	3.496円
ヨブの息子達	1.500円
誹謗と瞑想～反宗教入門への序論～	2.500円
ロ短調の女	1.500円
放浪の回帰線	3.500円
星の歌	1.900円
単細胞的思考	3.600円
運平利禅雅（うんぺりぜんが）	3.000円
エピストル［1］　［2］	各 3.900円
若者たちへのエファンゲリューム	3.500円